AF570975

Pelle Ingvar Hervius

ANNA KRISTINAS HUS

Tillägnad min syster Eva

Omslag: Pelle Ingvar Hervius
Korrekturläsning: Margaret Aldman
Producent: Ewa Grönwall

Förlag: BoD – Books on Demand, Stockholm, Sverige
Tryck: BoD – Books on Demand, Norderstedt, Tyskland

ISBN: 978-91-8057-473-3

Kapitel 1 MATSALEN

Solen sken in från trädgården genom två höga fönster med sex rutor i varje. Anna Kristina höll på att föda sin son Nils i den vackra imperialsängen i ek. Glasrutorna var fulla av blåsor och ojämnheter som gjorde att fruktträden formades till en trollskog. Williampäron, Greve Moltke, Dubbel Philip och Marskalk von det Lippe vred sig i plågor och Gravenstein, Bullerhus, Kannikor, Säfstaholm och Ingrid Marie dansade längs trädgårdsgångarna. De röda rosorna vid den vitkalkade väggen kikade in genom fönstren och plommonträdet bugade bortom blomsterrabatten och där bortom bredde sädesfälten och sockerbetsraderna ut sig mot slättens oändliga horisont. Barnmorskan hade blivit hämtad av en dräng med häst och vagn.

Anna Kristina hade den mörka hårflätan slingrande som en orm ner mellan brösten. Ansiktet var rött och svullet av ansträngningen och värkarnas krampgrepp for illa med den kraftfulla, vackra kvinnan mitt i paradsängen. Hon tog tag i träsniderierna för att hålla emot och böjde huvudet framåt när hon tog i. Hon var en stark kvinna och Husets Härskarinna och därför höll hon sina känslor gömda och visade ingen oro eller svaghet. Kvinnlig styrka och beslutsamhet ångade ur hennes kropp.

Anders hade försvunnit hemifrån när värkarna började. Barnafödande var inget för äkta maken och husbonden. Agda lekte på gårdsplanen under uppsikt av en piga och en präktig tupp. Dörren till herrummet var stängd. Därinne var det tomt. Köksdörren var heller inte öppen. Därifrån kom lukten av kålsoppa och kokt kött. I matsalen luktade det blod och svett som blandade sig med ångan från varmt vatten och rena handdukar samt linnetrasor från kasserade skjortor och särkar. Den nästan halvmeterhöga metallspiralmadrassen i mörkblått och beige gungade i takt med ansträngningarna i sängen. Det var i slutet av oktober. De sista rosorna blommade ännu, dahliorna hade frusit och i rabatterna blommade gula solstickor. De sista löven på de stora bokarna höll på att blåsa bort och grönkålen som stått i skymundan intog nu första parkett framför jordärtskockornas parad vid hönsgården. Hagtornshäckarnas blad hade gulnat men de röda bären lyste som juldekorationer.

Förlossningen gick inte framåt. Om det var huvudet eller sätet som kom först hade ännu inte barnmorskan klart för sig. Fostervattnet hade forsat ut för länge sedan. Det var redan när Anna Kristina stod i verandarummet och vattnade krukväxter och plockade vissna blad på pelargonierna. Inomhuspalmen hade tråcklat in sig i den knoppande julkaktusen. Det drog kallt från glasrutorna. Dubbelfönstren var ännu inte insatta. Kvinnfolk i huset skyndade till. Manfolk skickades iväg och barn skickades ut. Nu skulle ett litet liv komma till på gården. Det var hösten 1909.

Gården var vid detta lag inte mycket mer än 50 år. Således var den modern för sin tid och hade varit hemvist för endast ett par generationer. Senast Per och hans son Anders. Egendomen hette från början Hästhagen efter utflyttning från byn i samband med Laga skifte i mitten av 1800-talet. Murarna i källarvåningen var en meter tjocka och fönsternischerna i bottenvåningen var nästan en halv meter djupa. Där studsade nu ljudet från förlossningsarbetet i det sovrum som långt senare skulle bli husets matsal.

Barnmorskan som också benämndes jordemoder eller ”akuschörska” utförde sitt värv med bestämdhet och Anna Kristina och sängen ångade av värme och svett samtidigt som de breda golvplankorna var iskalla mellan trasmattorna. Dessa var vävda av modern i den lilla gården Maglehult uppe på åsen. Det var inget fattigt hem däruppe bland tegarna, stengärdsgårdarna och hasselsnåren men slätten var rikare, gårdarna var större och jorden var bättre.

Anna Kristina hade träffat Anders på ett bröllop i Skepparslöv. Han var kortare än hon och hade en mycket manlig mustasch och blå ögon som utstrålade framåtanda och handlingskraft.

Till honom skänkte hon sin jungfrulighet som hon värnat så väl från inviter av de mindre bemedlade bondpojkarna i skogsbygden. Hennes hund Björn hade hjälpt till att försvara henne mot uppvaktande kavaljerer och oönskade friare. Brodern Sven hade också funnits där men han hade avlidit ung av ett stenskott vid sprängning. Nu levde hon i en vardag utan sten och umbärande. Sandig jord för potatis och råg.
Lerjord för vete och sockerbetor.
Det stora huset var byggt på lera vilket gjorde att husets västra gavel rörde sig och det uppstod sprickor i fasaden. Dessa fogades ihop med hjälp av järnklamrar som doldes under putsen.

I sovrummet fortgick Nils födelse. Det vitblanka fettet på magen lyste under den uppdragna särken. Det var fint att vara fet på den tiden. Det tydde på att man var rik och hade råd att äta feta rätter och sötsaker. Det senare var ett fördärv. Anna Kristina hade fått löständer redan till bröllopet vid tjugofem års ålder. Vita vackra tänder i en laxrosa lösgom. Den första kyssen av Anders hade hon fått med sina, då i behåll, kariesfläckade tänder. Samma öde som Napoleon Bonaparte och Josephine fick uppleva om ock kamouflerat med mer fransk parfym än som gick att uppbringa i bondekulturen i Skåne i början av 1900-talet. I P C Jersilds roman Calvinols Resa Genom Världen beskrivs en förlossning där barnaföderskan vänds ut och in i takt med att fostret, Calvinols, tar sig ut! Så inte med Nils. Han föddes fram med kraft och kärlek och en väl bibehållen moder. Förmodligen skrek han av glädje över att ha blivit född. Det har vi ju alla gjort. Han fortsatte att andas och leva i mer än åttio år.

Han åt sina söndagsmiddagar med harstek eller fasan i matsalen där han föddes. Där dukades det upp till födelsedagsmiddagar med kokt lax och majonnäs och Moselvin. Där åts kräftor med snaps åtföljt av brandgul melon med röda vinbär och där åt man julaftonssupé med allt på en gång; smörgåsbord med sill, skinka och brunkål, köttbullar och fläskkorv följt av lutfisk och risgrynsgröt, kaffe, klenäter, mandelmusslor, russin och ischoklad. Om barnen var vid medvetande efter detta frosseri så blev det julklappsutdelning. Då gömde sig Nils och Agda under imperialsängen eller kommande generationer under matsalsbordet.

I matsalen stod buffén fylld av glas och kaffekoppar. Linneskåpet mitt emot var fyllt av dukar, lakan och örngott med krusade band. På gamla dar satt Anna Kristina och fnulade med detta hantverk med hjälp av en rostfri kniv. I hennes ungdom var det pigorna som skötte den sysslan.

En natt vaknade husets folk av ett dån! Inbrott?! Det hade förut varit tjuvar som stulit grisar och det fanns fattigt folk som kunde förse sig med en höna i mörkret. Så inte i natt. Det var knäpptyst. Nils smög upp ur sängen med jaktgeväret, som förvarades under madrassen, i handen! Dörrarna knirrade och de breda golvplankorna gav ifrån sig ljud som avslöjade den smygande bonden i sin pyjamas med dålig resår i midjan. Dånet hade kommit från matsalen. Det fanns ingen där men skuggorna var förrädiska. Även herrummet var stilla och tyst och på gårdsplanen fanns inga tecken på rörelse, billyktor eller förövare. Fönster och dörrar var inte uppbrutna och tystnaden var total. Nils tände ljuset och kunde konstatera att allt var som vanligt. Tillbaka till sängen och när hjärtklappningen avtagit, kunde han somna om. På morgonen kunde man notera att moraklockan i matsalen hade stannat. Den var antikvit med målningar i guld. Visarna hängde rakt ner. Inuti hade det tunga lodet fallit i golvet. Repet hade brustit efter hundra år och blytyngden hade gjort ett rejält avtryck i golvtiljan!

I matsalen satt fransmannen Michel och åt svinkotlett. Nils och framför allt hustrun Lisa hade läst engelska glosor och bestämt sig för att servera god svensk husmanskost och föra en om inte sprudlande konversation så i alla fall inflika en del stickrepliker. Nu blev det inte riktigt så på grund av att middagen började med ett försök av värdinnan att ta sig genom kotletten med en slö kniv. Det resulterade i att köttstycket hoppade över till fransmannens tallrik och efter viss förvirring bröt det ut ett gapskratt på flera språk samtidigt. Till och med Anna Kristina i köket smittades av den internationella glädjen. Hon var nu en bit över åttio år och hade aldrig sett en fransman förut. Heller ingen färgad människa. En sådan stötte hon aldrig på. Hon var barn av sin tid och benämnde alla mörkhyade eller mörkhåriga för tattare eller zigenare. Det fanns även en folkspillra som kallades ”arkare”, det vill säga lantarbetare med utländskt ursprung som bodde i dåliga hus och som det inte var lämpligt att ha något att göra med. Anna Kristina var därför förpassad till köket för att inte försämra de mellanstatliga relationerna genom att visa sitt förakt mot den som både var utlänning och saknade jordegendom. Michel var aldrig medveten om faran utan öste beröm över kökschefen för den för hårt stekta kotletten, den söta såsen, det klibbiga riset och den sönderkokts blomkålen. Anna Kristina diskade tvångsmässigt för att lägga band på sina känslor mot det mångkulturella spektaklet i matsalen. Köpenhamn i all ära! Där hade hon varit många gånger. Man kunde förfasa sig över cigarrökande damer och för starkt kaffe men i övrigt känna sig hemma.

I matsalen försiggick teaterförberedelser. Draperiet i guldlamétyg var fördraget och det dansande dockparet som var ett blindarbete hängde orörligt i det fyrkantiga valvet som skilde matsalen från herrummet. Därinne satt fyra vuxna och spelade bridge medan barnen repeterade ett teatraliskt framförande när draperierna drogs åt sidan. Ingen av barnen hade musikalisk begåvning och förstod det, så det blev teater och pastischer och kabarénummer som framfördes. Ingen sång eller musik. Dock togs många manus och scenografier från en sångbok som innehöll hjärtskärande teaterunderlag såsom ”I en sal på lasarettet” eller ”I kungens stora sal” eller ”Idas grav”. Flickorna lade oftast beslag på huvudrollerna medan någon pojke fick bli snödriva som t. ex i ”Flickan med svavelstickorna”. Mycket repetitioner, finslipande av repliker och förberedelse för att ta emot applåder. Det tog lång tid vilket var lugnande för bridgespelarna. Och så drogs draperiet isär och mitt i budgivningen, utdragande av trumf eller Grand slam, stannade livet upp och det var plats på scen. Kreativt, bejakande och egostärkande, hur patetiskt det än blev. Efter framgången blev det eftersittning bakom ridån med halvjäst rabarbersaft och framför ridån fortsattes det med cognac och klosterlikör.

Familjen satt i matsalen efter Nils begravning. Högtidliga, lättade och eftertänksamma. Någon läste ur Rolf Edbergs ”Spillran av ett moln” och ”Årsbarn med Plejaderna”. Någon berättade minnen och anekdoter från Nils liv, kanske något om hans värnplikt i Jönköping eller som artillerist under kriget. Anna Kristina hade aldrig rest längre än till Jönköping där hon besökt sonen som rekryt på A6. Stockholm besökte hon aldrig. Däremot hade hon förutfattade meningar om stockholmare, i synnerhet ”viktiga” damer med målade naglar och röda läppar!

I matsalen började herrbridgekvällarna med Nils, Moje, major Christian och överste Bäärnhielm. Sill, ost och snaps, någon köttbit ur frysen samt någon variant på äppelkaka eller konserverade päron. Med åren tilltog kvalitén på vinet från Vin Rouge d’Algerie till spanskt Lantvin eller Chianti i flaska med bastkorg. Värdinnan, Anna Kristinas svärdotter Lisa, stod för utskänkningen och fick sitta med som kuttersmycke. På militärt vis reste sig herrarna varje gång hon reste sig vilket gav ett oroligt helhetsintryck!

Kring bordet satt också vid något tillfälle jordbruksminister Norup och riksdagsman Elofsson från Vä och en och annan halvkändis såsom Birgit Nilssons make eller sångerskan Sonja Stjernkvist! Ibland också greve de la Garde på Borrestad. Han var ordförande i Bränneriidkarföreningen där Nils innehade en hög position!

På Anna Kristinas tid fanns inga kändisar i matsalen mer än möjligen kungshuset som aldrig hamnade kring matsalsbordet men hängde i kolorerade tryck på väggarna. Vad serverades på bordet när det inte var specialmenyer som julbord eller kräftor? Vad åt släkten och bönderna från Härlöv, Vä och Hovby? Kokt höna, lammfrikassé, kokt torsk, ål i alla former, kalops, harstek eller slottsstek. Till vardags åt familjen bruna bönor, ärtsoppa, kålsoppa, stekt fläsk, överstekt rödspätta, stekt sill eller pressylta med rödbetor. På hösten ofta fläsk med stekta äpplen av en sort som hette Bullerhus och som var stora, hårda och gröna och räckte hela vintern. Pytt i panna med stekt ägg var också en återkommande favorit.

Vid stora fester serverades det vickning, som kallades frukost, i matsalen och i det långa rummet. Beroende på festens storlek så kunde det förekomma hummersoppa, oxtunga med potatismos eller hemgjord korv med skånsk senap!

Anna Kristina var skicklig på att göra pannkakor till sina barnbarn. Hon staplade dem på höjden med björnbärssylt och grädde emellan och skar upp konstverket som en tårta. Hon var också bra på smörgåsmat, det vill säga en brödskiva med några av alla rester hon kunde hitta i skafferiet.

När man inte åt i matsalen eller köket så intog man en måltid på en filt någonstans i naturen. Ibland bakom en halmstack eller vid ett snår uppe på åsen då man där plockade björnbär och svamp. Ibland var det dåtidens picknick på Stanna Glada, en glänta i skogen bakom

Ovesholms Slott. Där hade man ibland bestämt träff med någon annan familj, kusiner eller umgängesvänner, för att intaga medhavd matsäck, öl och snaps. Barnen lekte i skogen eller i gläntan. Det var inte alltid sommar. Tanterna satt i svart kappa med svart rävboa över axlarna och hatten nedtryckt till öronen. Herrarna i skjortärmarna med väst och klockkedja. Alexandra Hamilton, slottsfrun, visade sig sällan men hade inget emot den gamla sällskapsvanan att umgås och äta och dricka gott i Stanna Glada.

Anna Kristina dukade upp. Pigorna hade packat korgarna men fått stanna hemma. Häst och vagn och senare T-Fords modeller eller amerikanska vrålåk hade begränsad kapacitet. Rökt ål, "äggakaga" skånsk variant av äggstanning med lite fläsk gömt inuti, gick åt bland blommande vitsippor eller nedfallna röd/orange boklöv.

Bönderna i Skåne svalt aldrig, inte ens under första världskriget. Man hade alltid potatis och fläsk och mjölk och smör. Värre var det för lantarbetarna som hade stora familjer att försörja på minimala löner. Inte ens under 1800-talets mitt led man någon nöd på potatisslätten. I förhållande till Blekinge, Öland och Småland var utvandrarskarorna till Amerika små. Det var äventyrarna som gav sig iväg och inte de svältande eller de frikyrkligt förföljda.

Anna Kristina hade ett jordnära och praktiskt förhållande till religionen. Ingen bordsbön eller liknande tecken på beroende av någon annan. Maten räckte. Det visste man så man behövde ej bedja om det, i synnerhet som det inte var Vår Herre som stod för jordbruksproduktionen utan det skötte gårdens folk. Religionen bestod i att man gifte sig i vit slöja, döpte och konfirmerade barnen, gav kollekt i kyrkan där man förväntades dyka upp rätt klädd i Advent, Jul och Påsk.

Prästen i församlingen dök upp på gården vid jämna födelsedagar, konfirmationsmiddagar och gravöl då det bland annat serverades vita gräddtårtor med marsipankors och svart flor av spunnet socker. Prästen betalade gästfriheten genom att ge de välbärgade bondbarnen lätta frågor vid förhöret framför altaret vid konfirmationen.

I matsalen var barnafödandet över. Nils blev den siste som föddes där och dessutom den siste som föddes hemma. Han dog på en soffa i rummet intill drygt 80 år senare. Det var i verandarummet.

Nils

Kapitel 2 VERANDARUMMET

Där satt Anna Kristina med sina bondhustrukompisar och deras barn som stojade omkring. Där var Agda förstås och Karin och Elsa och Ida i Slätthult och lille rödhårige Sven. Och Nils förstås och Birger, Hugo och Lars på Nyhem. Barnen fick aldrig ta stor plats så därför höll de sig på avstånd och krigade med fallfrukt i trädgården utom hörhåll för mödrarna. De sparkade också fotboll med en igelkott som lyckades smita innan den sköts i mål mellan flaggstången och körsbärsträdet.

Kvinnornas ansikten skiftade färg allt eftersom solen gled ner mot väster och gav ljuset olika brytningar i de färgade små glasrutorna i verandans fönster. I blått, rött, grönt och gult avtecknade sig solstrålarna i anletsdragen och i korsstygnen, plattsömmen och ”petit point” som de kämpade med i spännbågar av trä. Kyrkliga syföreningens arbetsgrupp var igång samtidigt som de förság sig med småkakor av olika slag. Dock ej Madelener utan struvor och ”flottaringar” som var en ursprunglig variant av munkar eller donuts. Härliga för den som ville bli fet.

Kvinnorna diskuterade praktiska ting i hushållet. Det gällde matlagning och förvaring i en tid då det var långt till frysboxens dagar. Man utbytte råd om barnuppfostran men vädrade varken problem eller känslor. ADHD och autistiska barn på den tiden hette att någon var ”lillgammal” och skilde sig inte så mycket från det som ansågs vara normalt. De omhändertogs väl och fann alltid en plats i bondesamhället såvida man ej var fattig dräng och mobbades och utnyttjades. Stellan Skarsgårds filmroll av en sådan olycklig figur i filmen ”Den enfaldige mördaren” är ett exempel på hur det kunde gå till i en annan del av bondesamhället.

Kvinnorna pratade kanske om mode och tycke och smak. De var trångsynta angående det som var nytt och annorlunda. Frisyrer diskuterande man inte. Ingen av damerna klippte någonsin av sitt långa hår. Anna Kristina hade så långt och tjockt hår att hon kunde sitta på det när det var utslaget och kammat. Det var fortfarande så vid hög ålder. Döttrarna däremot, de som lekte i trädgården, tog det djärva greppet att klippa håret och kanske också permanenta sig vid giftasvuxen åldern i slutet av 20-talet.

Det serverades kaffe som hade återkommit efter ransoneringen under första världskriget. Man hade fått nöja sig med cikoriakaffe som var framställt på rötterna av den blåblommande växten som fanns längs vägkanterna i kalkrika landskap. Grädde var det aldrig brist på. Den skummades från mjölken som fått stå över natten efter att den tagits in i en kanna från kostallet vid kvällsmjölkningen.

Veranderummet var ett slags vardagsrum för familjen medan herrummet var mer pretentiöst och tungt möblerat. Det återtog den rollen 50 år senare och blev TV-rum efter perioder som föräldrasovrum och pojkrum. Där roade man sig med Hylands Hörna och sportprogram. Anna Kristina såg på TV utan stort intresse under de sista åren i livet men hade aldrig en egen apparat i sitt boende på gamla dar.

Intill verandarummet fanns den inbyggda trappan till vinden. Därunder fanns en av de tre garderober som fanns i huset. Kläder förvarades mestadels i kistor. I det mörka och trånga utrymmet hade Nils så småningom sina kostymer, finskor och whiskyflaskor. Innanför husets enda toalett och badrum, som var en 30-tals modernisering, fanns en garderob som luktade illa av kläder som användes dagligen. Dock betydligt fräschare än garderob nummer tre i köksfarstun där de kläder som luktade grus och ko hade sin plats. Några skåp fanns också här och där men detta var ett sekel före IKEAs förvaringshysteri.

Damerna i verandarummet hade aldrig funderat på ”slit och släng”-mentaliteten. Nu gällde slita, laga, lappa, återanvända och sy om. Anna Kristina stoppade strumpor med en stor svart rund sten innanför textilhålet som skulle repareras. Ett mer komplicerat hantverk var namningen av alla lakan, örngott och handdukar eller knåpet med att fälla in hemknypplad spets i lakan och dukar. Och som om det inte räckte så broderade de konstverk eller försåg svarta kuddar och ”agedynor” med blommor och blader. Då användes fingerborg.

I verandarummet drack Anders och hans kumpaner grogg under soliga dagar. Kanske satt de i själva verandan och drack dålig Eau de vie med någon Vichyvattenvariant. Man spelade knack, någon blandning av vist och poker och snusade och svor.

Gamle Per var en mästare på det. Han var änkling och hade tagit sin hand från jordbruket. Dålig på att hålla sig ren men nöjd med sonen Anders och sonsonen Nils.

Svärdottern Anna Kristina var han rädd för. Hon stod för ordning och reda vilket inte var det han var bäst på. Hon härjade om hans skjortkragar och nerspillda västar och bad honom ta ut snuset innan han började äta och inte rapa förrän han lämnat bordet. Nu trivdes han i lag med män som gjorde vad som föll dem in. Grogg, vackert väder, vila och en halvtänd cigarrstump. Han kikade ut från verandan och såg oändliga feta åkrar med vete och sockerbetor. Han var född på en mindre gård några kilometer bort och hade kommit över den präktiga egendomen han ännu var ägare till, genom egen framåtanda och andras olycka. Han och hans hustru, som dog tidigt, fick flera barn. Något eller några dog som små men av dem som överlevde, förutom Anders, blev en smed och gifte sig med sin Anna som fortfarande på gamla dar livnärde sig på potatis, fläsk från gården och stekta äpplen. Hon bodde i en liten vedeldad stuga i byn. En dotter gifte sig och flyttade till Helsingborg där hennes söner öppnade cykelverkstad. Det var rödhårige Harald och folkskygge Ragnar! Denna dotter som också hette Anna levde i Helsingborg långt upp i 100 års åldern och skickade varje år vid brorsonen Nils födelsedagar en krokan från Fahlmans konditori.

Äldste sonen Anders fick överta gården och Per bodde kvar på undantag. Han styrdes av sin svärdotter Anna Kristina som plockade mjäll från hans sluttande axlar för att markera rangordningen.

Per var nöjd med sin ålderdom. I synnerhet när han satt bland likasinnade och drack grogg på vilodagen. Det mesta hade gått honom väl i händerna och senare när Olof Larssons gård brann ner, kunde sonsonen lägga beslag på jorden som gränsade till hans barndoms småbruk. Olof och Emelie fick behålla det vackra huset men över markerna styrde Per, Anders och Nils.

Anna Kristina kom in med en bricka med korvskivor, bröstkarameller och rena askkoppar och försökte uppmuntra herrarna genom att lägga sig i. Det lyckades hon inte med. Vad beträffar växtföljd, utsäde, jordbearbetning och gödsling hade hon inte mycket att komma med och kunde därför frysas ut av sällskapet.

Verandan revs efter Anders tid i takt med modernisering. Rummet blev så småningom sovrum för Nils och hans Lisa och sedan för deras söner. Verandans grundsockel och trappa blev kvar och försågs med bastanta cementputoner som förbands med ett svart trästaket där det med åren bredde ut sig stora vinstockar som producerade rikligt med klasar av gröna söta vindruvor som tyvärr bin och getingar hade företräde till. Det blev en terrass mot söder. Vinrankor och stora rosenbuskar omgärdade oasen. På den ena sidan var det vita väldoftande blommor med gult i mitten och honungsdoft. På den andra sidan enkla gammaldags rosa med tung ljuvlig andedräkt. Innanför i sovrummet fanns den stora dubbelsängen. Mycket bredare än imperialsängen.

Hela möblemanget gick i beige med rödrandiga madrasser. Det fanns en stor rund spegel ovanför byrån. Förutom sängens normala funktioner försiggick här också söndagsfrukost med hela familjen inklusive brödsmulor och omkullvälta kaffekoppar. Anna Kristina deltog när hon varit barnvakt. På kvällen hade då sängen använts som spelhåla. Anna Kristina hade lärt barnen att spela kort. Kasino, knekt och 31 var de vanligast förekommande spelen med små kontantinsatser i form av ettöringar och tvåöringar som förvarades i en cigarrlåda av sandelträ. Läromästaren var både girig och givmild. Spelfusk förekom aldrig.

Vid stora fester satte man upp en grandios jalusie av ledade träpinnar och blommigt tyg. Den skärmade av sovrummet så att det var fri passage mellan matsalen och långa rummet, vidare mot salongen. Skärmen hölls på plats av de uppslagna dörrarna från angränsande rum. Mellan hibiskus och blomsterspaljé med porslinsblomma kunde man smita ut på terrassen för att andas eller släppa sig eller för att ta sig en extra förstärkning från pluntan i innerfickan. Röka gjorde man inomhus där cigarr- och cigarettdoften låg tät. När den inte gjorde det så brukade Anna Kristina lägga en brinnande cigarr i malmaskkoppen för att det skulle lukta herreman.

I en mangelkorg på två taburetter sov de nyfödda barnen, ett i sänder. Då schäfern Titti fanns förekom en uppenbar fara för släktens fortlevnad när hunden kröp mellan pallarna och reste sig. Lilla Eva föll då ur boet.

Verandarummet blev för en tid pojkrum när föräldrarna flyttade till långa rummet. Senare blev det TV-rum. Anna Kristina serverade kaffe ur TV-kanna till Ria Wägners matprogram. TV uppfattades av hennes generation som ett modernt övergående påhitt då främmande människor tog sig in i vardagsrummet.

Över soffan hängde en ”originalmålning” av ungraren Roka, föreställande en zigenerska. Den var mångfaldigad och kopierad för att passa in i sextiotalsmiljö. På den röda soffan under porträttet med polerade trädetaljer dog Nils fem meter från platsen där han var född. Han hade varit ute med familjen på en höstpicknick i solen bakom en halmstack med utsikt över åkrarna, pilallén vid bäcken och potatisåkrarna där innehållet väntade på att bli brännvin. Det långa rummet som nu blivit sovrum upptogs av den stora dubbelsängen som nu skulle bli en ödslig enkelsäng.

Kapitel 3 LÅNGA RUMMET

Anna Kristina var värdinna i det rum som var festmatsal när ännu matsalen intill köket var sovrum. Där stod ett långt bord i mörkt trä med polerad skiva och en rad mahognystolar med mörkgrön skinnklädsel. Kring bordet satt Härlövs bönder med uppgummade damer och firade Majgille. Kalaset var årligt återkommande men man turades om att stå värd. Det diskuterades sommarens gemensamma angelägenheter såsom betesfördelningen på Härlövs Ängar med praktiska spörsmål om grindar, inhägnad och diken. Med på gillet fanns bykistan där lantmätarkartor, skrifter, byahorn och gamla skifteskontrakt förvarades. Allt detta brann upp när Olof Larssons Nyhem eldhärjades.

Anna Kristina serverade den middag som var en tradition vid Majgille. Smör och ost och sill med snaps, följt av kokt gädda med pepparrot och skirat smör, samt som efterrätt rabarberpaj med vaniljsås. Förutom öl och snaps, dracks det surt, vitt vin från Soave eller för sött från Mosel. Innan snapsen gjort sin avsedda verkan, var stämningen dämpad. Damerna poserade i sin vårstass och herrarna försökte hålla halsen orörlig i den stärkta kragen.

Anders hov upp sin stämma och bad herrarna lägga av kavajen och Anna Kristina uppmuntrade damerna att ta av sig skorna under bordet, medan vårblommorna slokade i arrangemangen på deras fylliga barm.

Fönstren mot söder bröt majsolens strålar från väster till ett kalejdoskop som reflekterades i dukningen på vitt linne. Glas i slipad kristall och tallrikar med silverkant speglade en bondsk taffel förklädd till borgerlighet. Anna Kristina älskade vackra glas. Många år efter hennes död hittades på vinden ouppackade kartonger med Rydbergsglas från huvudstaden.

Anna Kristina kråmade sig i högsätet. Hon hade erövrat jorden, slätten, sällskapet och ledarrollen. Anders satt mittemot vid andra bordsändan. Han var nöjd både med det han fått i sig och med gästerna som dock, enligt hans medfödda snålhet, åt och drack för mycket av det som de nog inte kostade på sig hemma. Han var en av de tongivande bönderna i andelsbränneriet i Vä. Det var potatisen som var råvaran till det som blev Renat och Skåne och togs hem i 20-liters kannor till jul och fest.

Anna Kristina drack inte starkt mer än när hon var förkyld och intog då bl.a. Danske Kungens Bröstdroppar eller, vid tandvärk i ungdomen, då en sudd av tyg indränkt i sprit kunde hjälpa. Nu hade hon smärtfria löständer sedan många år. Det var tveksamt vad den celluloidliknande gommen kunde uppfatta av smaker, kalasfinesser och starka drycker? Förmodligen var det rädslan att tappa kontrollen till vardags eller i sällskapslivet som gjorde att hon avhöll sig från alkohol? Det fanns ingen religiös skam eller skuld i bondesamhället på skånska brännvinsslätten. Däremot fanns det en outsagd uppförandekod för kvinnor. Alkoholpåverkade damer var inte lika ”coolt” som två, tre generationer senare.

Det var inte Jantelagen, för den hade ännu inte börjat tillämpas, och det var inte ”när skönheten kommit byn …” som avhöll damerna från att leva ut sina slumrande känslostormar, utan det var tidens norm i takt med det viktorianska England och det oskarianska Sverige. Dock mer frisläppt i Skåne på grund av släktskapet med Danmark än i övriga landet där frikyrklighet, puritanism och kvinnoförtryck sannolikt var mera utbrett. Anna Kristina gjorde det mesta rätt och höll sig inom de råmärken som var utstakade av tiden.

I Långa rummet var det också eftersits vid stora fester. Det kallades frukost. Mat och dryck mitt i natten med glada upptåg och snapsvisor eller kontroverser som man försökte klara upp när hämningarna släppt. En urmakare eller optiker eller något åt det hållet, och som tillhörde periferin i bekantskapskretsen hade, efter det att han blivit inbjuden på fest, skickat en saftig räkning på ett utfört arbete, fick efter midnatt en ordentlig avhyvling och inbjöds aldrig mera. Samma sak med någon släkting som drack för mycket och ville låna pengar. Så också någon mindre godsägare som blivit för stor och därför togs ner till en lägre nivå. Någon dam kunde få ett gråtanfall när hon tappade kontrollen! Mestadels var det dock glädje och fest i Långa rummet.

När det inte var fest där, vårdade Anna Kristina sin blommande hibiskus eller julkaktus eller pelargonier i solen från söder. Allt det vackraste fick alltid blomma i ensamhet i ett fönster där det höll sig längst men där ingen såg grannlåten.

Långa rummet blev pojkrum under några år. Storebror och lillebror bodde där med svart fondtapet med geometriska former i färg och matchande draperi framför salsdörren. Smala sängar på rad längs väggen och en radio på bordet emellan. Där kunde man lyssna på uppskjutningen av Sputnik samtidigt som påssjukan slagit till. Eller njuta av Anita Lindbloms ”Sånt är livet” till läxläsning.

Föräldrarnas sovrum blev genomgångsrum till husets enda toalett och badrum. Dock var det ett lyft jämfört med hur det var under Anna Kristinas första tid. Då var det utedass som gällde. Hur många holkar som då delades mellan alla familjemedlemmar och drängar och pigor har försvunnit in i Socialsveriges historia.

När pojkarna vuxit upp eller flyttat till vinden blev Långa rummet ett modernt föräldrasovrum med en hel garderobsvägg i tidens anda. In flyttade Nils och Lisa, symaskin, ryamattstaffli och blommiga tapeter. De gamla beige sängarna byttes ut mot bekväma Duxmadrasser och förgyllda sänggavlar. Anna Kristina hade virkat vita sängöverkast och hon hade broderat kuddvaren, fällt in hemknypplade spetsar i lakanen samt krusat banden. Då hade hon själv flyttat till det vita kalkade huset vid stora landsvägen. Vid den tiden av livet satt hon ofta vid fönstret och räknade bilar på dåvarande Riksväg 4.

Kapitel 4 SALEN

Gaveln mot väster har tre stora fönster i bottenvåningen. Två stycken sprider ljus i den stora salen som också hade två fönster mot gårdsplanen. Rummet var sannolikt mer än 50 kvadratmeter stort. Spännvidden på bjälkarna var så stor att det fanns en träkonstruktion på vinden för att hålla taket uppe. En sorts spännbygel av i princip samma utförande som arkitektoniska underverk som håller upp världens broar.

På Anna Kristinas tid var det i salen ett vackert skurat trägolv med halvmeterbreda tiljor. På dessa dansade man vid fest, kanske efter att ha spritt potatismjöl på plankorna för att få bättre glid eller kanske bestrött golvet med björklöv för att få en härlig sommardoft. Det kunde nämligen vara så att det fanns en annan lukt som trängde sig på. Den av naftalin från klädes- och linnekistorna som stod utefter väggarna. Där ovanför hängde nytagna stora släktfotografier från slutet av 1800-talet eller kungaporträtt av Oscar II och hans familj. Någon nationalromantisk målning från en sjö med näckrosor eller älg i motljus fanns också. Det var för övrigt sparsam möblering med speglar i mörkt polerat trä från golv till tak mellan fönsterparen. Stolar och någon utdragssoffa stod tryckta mot väggarna. Senare också en högryggad stram skinnklädd kanapé i Karl Johanstil. Den hade längs krönet en hylla där det stod fotografier. Varje gång någon satte sig i soffan eller rörde sig okontrollerat, ramlade dessa ner bakom möbeln varför hyllan togs bort efter något halvsekel!

I salen lärde sig ungdomarna från flera generationer att dansa med mer eller mindre lyckat resultat. Dock var festerna klart bättre än senare tiders dansskolor. Här kunde man hanka sig fram i otakt med någon kusin. Oftast hade alla roligt och såg andra värden i nöjeslivet än att man skulle vara dansant. Blygsel och skämligt var inte uppfunnet och föräldrarna applåderade alla framsteg.

Förutom fest och dans i salen användes den till att lära sig cykla. Anna Kristina tillgodogjorde sig aldrig den konsten. Förutom tveksamma försök inomhus, så misslyckades hon också utomhus och landade inte sällan i hagtornshäcken. Hon tog heller aldrig något körkort på bil eller traktor. Rida på arbetshäst kunde hon förstås som ung. Annars var transportsättet att gå till fots eller bli körd med häst och vagn.

När bilens tid kom, älskade hon att åka på söndagsutflykt inom en radie på några mil. Hon kände till alla gårdarna och vem som bodde där och hade omdömen, inte bara i positiva ordalag, om hur de skötte jordbruk och livet som helhet. Turen kring Färlöv var mest älskad och hon slutade alltid med en kommentar om att ”tänk om man fick äga all den bra jord som vi har kört förbi”.

Anna Kristina kunde, förutom att inte köra bil, heller inte simma men hon kunde så mycket annat. Hon kunde fläta håret med händerna över huvudet. Hon kunde i stående lägga handflatorna på golvet och hon kunde i unga år även hjula på sommarängen medan den stora lurviga hunden Björn hoppade i takt med sin matte.

Vintertid var salen ett kallt rum när det inte användes. Här satte man ut små barn i vagga när de skrek och det inte var dags för mat enligt tidens barnuppfostran. Man ansåg dessutom att det var nyttigt för barnet att få skrika av sig och inte bli bortklemat och överbeskyddat. Det ansågs att man fick starka lungor av att använda dem där det inte störde någon. Män såg ner på mödrar som skämde bort sina barn. Dessa kvinnor beskylldes för att ha klena nerver.

Salen hade tre höga dubbeldörrar. Spegeldörrar utan speglar men indelade i fyrkantiga rutor av vitmålad trärelief. Man öppnade och stängde med drygt hönsäggstora porslinsvred. Dörrarna nådde nästan ända upp till taket, således sannolikt tre meter höga. Här skred Anna Kristina och hennes vänner ut och in vid fest i en dimma av cigarrök och alkoholångor. En och annan parfymdoft kunde också uppfattas. Förmodligen 4711 som var den mest gångbara på den tiden. Herrarna använde inte några preparat för att lukta gott mer än raktvålen. För övrigt luktade alla lite lavendel och malmedel som var ett måste för att festkläderna skulle överleva flera säsonger. När damerna hade långa klänningar såg de ut som leksaksdockor som gick på hjul. Innan festen fått upp ångan var det kallt och kvinnorna var insvepta i persiska sjalar eller pälsboa av räv eller nutria.

Senare tog sig minkstolan in i sällskapslivet men det var när salen hade döpts om till Salongen. Då hade man lagt in stavparkett av ek i fiskbensmönster. Tapeterna hade blivit mera herrgårdsfina med mönster och alla möbler hade fått ny klädsel i gul och rödrandigt sidentyg, blå sammet eller ”petit point” på nyrokokostolar. En stor kristallkrona hade ersatt den gamla jugendlampan. Takmålningarna fick vara kvar. Orientaliska mattor på golvet fullständigade grannlåten. Det här var inte Anna Kristinas stil men hon älskade att se det burgna hemmet i ny skepnad. Det gick bra för sonen Nils!

I salen drack man cocktail i flerfärgat randiga martiniglas och åt tilltugg på tandpetare instuckna i en pumpa eller en melon. Här dracks också kaffe och cognac samt punsch i små förgyllda silvermuggar med handtag. Glansen gjorde att det var omöjligt att bedöma mängden av härligheten för den som hällde upp.

Vid stora fester fanns det kokerska i köket, Fru Lönnblad, och en eller två servitriser i svart och vitt. Det var ”gamla bekanta” och inga flicksnärtor så herrarna fick se till att hålla inne med handgriplig uppskattning. Barnen eller ungdomarna behövde aldrig hjälpa till med serveringen. De ansågs inte kompetenta för sådana uppgifter. Inte heller utplock eller disk var barnen betrodda att ta någon del i. Möjligen att tömma askkoppar!

Uppvaktningar under födelsedagsfiranden försiggick i salen. Under kristallkronan stod föremålet för hedersbetygelser och log och tog emot uppskattade tal, sångstumpar eller inövade versrader. Kö av väntande gratulanter nådde ända ut i hallen där ytterkläder och blompapper lämnades av. Gårdsplanen var då full av bilar.

Sådana dagar kunde infalla mitt i veckan men bönderna på brännvinsslätten hade det bra och behövde inte arbeta de dagar då det vankades fest oavsett om det var arbetsdag mitt i skörden eller vårsådden.

Festdagar med lunch eller eftermiddagsmottagning var ett sent påfund som börjat tillämpas efter Anna Kristinas detronisering. Under hennes storhetstid slösade man inte bort arbetstimmar lättvindigt.

Agda var med under alla år från blyg väluppfostrad flicka till tonåring i sjömansklänning och som vuxen högt älskad person i släktkretsen. Som blåhårig senior var hon en avbild av Anna Kristina, dock med klippt hår. De båda använde samma besynnerliga ord och vändningar som sedan försvann ur språket när rikssvenskan tog sig in via radio och TV. Exempelvis om hela familjen blev inbjuden på kalas eller söndagsmiddag så hette det: ”Ni kan väl följas åt”. Om man var skrämd eller upphetsad så var man ”antererad” och om man aldrig kunde få nog så var man ”hång”.

Vid uppvaktningarna i salongen rörde alltid Agda på munnen i samma takt som den som talade och Anna Kristina nickade åt varje superlativ eller fnös föraktningsfullt åt moderna damer med rött på munnen och för höga klackar. Hennes blick inspekterade och bedömde var och en efter den skala hon fått med sig från uppfostran mellan tegarna och gärdsgårdarna på åsen.

I salen stod en gammal klaffmöbel med många små lådor. Där förvarade Nils alla sina hagelgevärspatroner, födelseattester och kondomer när sådana blev tillgängliga. Ovanför hängde fotografier i svartvitt av Anna Kristina och Anders. Han var påtagligt nytvättad och uppsträckt. Hon kråmade sig i högknäppt klänning och brosch i gammal bondestil med en förgylld rund konkavitet i mitten och liknande berlocker runt omkring som en egyptisk sol. På vänstra ringfingret satt tre breda guldringar. Det var en från förlovningen, en från vigseln och en för sonen Nils. Flickfödslar premierades inte med ring, så stackars Agda var ej representerad på sin mors hand!

På gamla dar blev Anna Kristinas fingrar tunnare och ringarna hängde löst. Detta resulterade i att hon vid ett tillfälle tappade en eller flera i toalettstolen och de blev nedspolade och hamnade i den avloppsbrunn som fanns utanför salsfönstret, mot gården. En dräng fick sila brunnens innehåll och ringarna kunde åter inta sin plats på det magra fingret.

Mittemot klaffmöbeln i salongen stod en byrå i nygustaviansk stil med intarsia och marmorskiva. Ovanpå stod danska porslinsfigurer i blågrå nyanser; Flicka med get, "Den lille havfruen" samt Balettdansös med spetskjol. Däremellan fanns små silverskedar på rad med vapensköld från tyska städer som besökts på 50- och 60-talet under jordbruksresor.

I den breda, tunga, rödgulrandiga soffan med träkarmar, satt morfar Johan och blev uppvaktad på sin 90-årsdag. Han var änkling sedan många år och hade på något vis blivit "boyfriend" till Anna Kristina som varit änka i lika många år. De hade gift ihop sina barn som gemensam nämnare och var nöjda med vad de såg omkring sig. Hela soffan och hörnet och golvet var fyllt av barn och barnbarn och barnbarnsbarn på födelsedagsbilden. Anna Kristina var inte med på fotot på grund av att hon slutat sina dagar några år tidigare. Hon betraktade sina avkommor som sin "spaning från den tid som flytt" från en annan utsiktspunkt.

I salen liksom i övriga huset pågick under 60-talet studentfirande vid tre tillfällen. Huset var fyllt av umgängesvänner och ungdomar! När de äldre troppat av blev det dans och hångel i många rum. Anna Kristina befann sig i köket och hjälpte till att få ordning på glas och flaskor. Dagen efter hittade Nils sådana bakom kuddarna i möblerna här och där. Under natten hade mycket utspelat sig i vardagsrummet och matsalen där det försiggick dans. I salongen när "de vuxna" gått hem, var det rusig kärlek. Unge Anders vänslades med Ami ungefär 70 år efter att Anna Kristina gjort samma sak med sin Anders. Nils inspekterade sina åkrar dagen efter och upptäckte att de nysådda åkrarna hade varit parkeringsplats men tog det med ro i glädjen över släktets första studenter.

Anna Kristina hade bara gått i Folkskola några år, högt uppe i Nävlinge skola, många kilometer hemifrån. Hon hade under stränga vintrar bott hos lärarinnan som förstått att här fanns en begåvning som tog till sig både kunskap och de fördomar som serverades i läroplanen. Sonen Nils fick i tidens anda mer utbildning både i folkskola, hos prästen, på folkhögskola och jordbruksskola. Barnbarnet Anders som firade studentexamen och sin ungdomskärlek, läste vidare och blev lantmästare på Alnarp och personifierade den framgång och upp-ryckning av jordbrukssverige som Anna Kristina var en del av.

Sista gången hennes ande hemsökte salen var i slutet av 60-talet, innan hon fyllde 90 år, då man firade hennes gravöl där. Alla var återhållsamt glada över att hon sluppit både ålderdomshem och långvarig sjuk-husvistelse. Hon dog på sin post medan hon umgicks med sina barn och barnbarn i form av fotografier som var med på hennes ensliga kafferep där cigarren glödde i askkoppen för att ge en doft av herreman.

Kapitel 5 VITA RUMMET

Detta var en sorts liten salong med vita möbler klädda i blommigt tyg. Soffa, ett par karmstolar och några enkla stoppade sittmöbler med spjälor i ryggen. Här drog sig damerna tillbaka när det var dans i salen. Knappast de refuserades salong men ändå kanske lite tillflykt för panelhönor som ville vara ifred och prata.

Anna Kristina såg till att alla var försedda med kaffe och kakor och godsaker från Glans bageri eller gårdens eget konditori i köket. På bordet låg en linneduk med vårblommor i korsstygn. Det var ett examensarbete från lanthushållsskolan där det ingick i utbildningen att brodera, att ta livet av höns och stycka en gris. Anna Kristina hade gått i Önnestad men det var andra i familjen som fått samma handgripliga praktik i Osby eller Höör. Det tillhörde regeln och var ett krav att man skulle ha med sig en egen vävstol och den fick bysnickaren tillverka.

Militärtjänst och hushållsskola var de enda nya spännande kontakterna utanför familjen, släkten och vännerna i byn. Man hittade nya förtrogna och tog till sig nya idéer och vidgade sin trånga värld bortom närmaste hembygden. Anders hade vuxit upp före den allmänna värnplikten då det ännu fanns indelta soldater. Nils däremot var beväring på artilleriregementet i Jönköping och hans tillkommande hustru hade varit i Osby något år och kommit hem med kunskap, nya kontakter och vidgad världssyn.

Det var kritiska blickar som kunde nagelfara konstverket på bordet. Ofta vände man på konstverket för att betrakta avigsidan där den verkliga kvalitén kunde avläsas.

Hilda Holmgren, vars toffelhjälte till man var Anna Kristinas kusin, satt med hög av barn, falkögon och förnäm uppsyn. Hon bodde i stan och serverade lunch i sin matsal till läroverkselever. De flesta kvinnorna i Vita rummet var rädda för henne och hennes granskande blick. Signe Bergquist och Maria på Lyckorna var lättare att tillfredsställa. Den förra var slarvig och utåtriktad och godhjärtad. Den senare var en fattig släkting som aldrig fick brodera sina bröllopskakan.

Från Vita Rummet fanns höga vackra dubbeldörrar in till Salen och en enklare dörr till Långa Rummet. Damerna hade på så sätt utsikt åt två håll och kunde kommentera både vad som hände vid groggbordet och vad som försiggick på dansgolvet.

Inga komplicerade eller våldsamma danser förekom. Dessa var hänvisade till logdanser på sommaren. Dock livligt med vals, polka och schottis. Senare foxtrot och jazzsteg. Ännu inte stora impulser från landet långt borta i väster där det fanns enstaka släktingar. Först på 50-talet såg Nils för första gången ett färgat par som dansade till swingmusik. Det var på Stadshotellet i samband med bilracertävlingar. Det gjorde ett djupt intryck och flyttade fram omvärlden några steg!! När buggen kom var det inte så märkvärdigt.

Agda, Karin, Elsa, Alice och Lilly, unga vackra hustrur till framgångsrika bönder, satt i Vita Rummet och balanserade små förgyllda mockakoppar med samma händer som de dagligen arbetade med. Tvättade och skurade med eller använde till att plocka sten och gallra sockerbetor med. På våren blev händerna slitna och nariga av att dela potatisar i tusental på mitten med en vass kniv för att på så sätt fördubbla antalet sättpotatis. Vackra händer och naglar var inte ett måste och den sträva huden med valkar var säkert en lika kittlande upplevelse i samlivet som sentida sexleksaker.

Vita Rummet blev under en period barnbarnet Evas flickrum under gymnasietiden. Hon hade då hittat en kavaljer med bil och slank då och då ut genom fönstret när föräldrarna och syskonen sov. Husgrunden var hög så enleveringen ur barndomshemmet krävde hjälp utifrån. Romeo och Julia i Verona och Cyrano de Bergerac hade sina efterföljare och själsfränder på den skånska slätten.

Vita Rummet blev så småningom gästrum med Nils och Lisas gamla dubbelsäng. Där sov Anna Kristinas barnbarnsbarn intill salen där tidigare generationer fått skrika av sig. De vita möblerna hade flyttat ut och kvar var ett vanligt hörnrum utan charm men med en historia från den tid som flytt. När körsbärsträdet utanför fönstret blommade eller när solen gick ner bakom åsen speglade sig slättlandskapets skönhet i rummets proportioner där de festklädda damernas ande vilade som projektioner på väggarna.

Kapitel 6 JUNGFRUNS RUM

Jungfrun, det var hembiträdet som benämndes så på Anna Kristinas tid. Hon var något förmer än piga och hade ett eget rum i anslutning till hallen. Huruvida hon var jungfru var tveksamt i bondekulturen men det är många titlar som inte lever upp till sina arbetsbeskrivningar. Hon anställdes efter en intervju som husets barn försökte sabotera på sitt eget sätt för att från början veta var gränserna gick och vem som skulle ha makten.

Jungfrun skulle vara bra med handhavandet av husets barn, vara flink i hushållet och trädgården samt ha ett gott humör och vara följsam. Nils var sträng och ibland satt hembiträdet och rörde i en stor gryta med tårarna rinnande efter någon mindre lyckad insats. Hon skulle också vara barnvakt och utstråla trygghet vilket inte alla utvalda gjorde. Framförallt inte den Doris som låste in sig på sitt rum när det var höns- eller gristjuvar på gården. Då klamrade barnen sig fast vid varandra utanför hennes dörr och kände sig inte omhändertagna. Å andra sidan terroriserade barnen hembiträdet som fick ställa upp på det mesta, bland annat att bli offer för den handbröstsug som hade använts när bröstmjölken inte rann till hos den ammande modern.

Barnen var också förskräckliga mot drängarna som hade eget utedass. Där kunde barnen släppa ner en levande höna som sedan nerskitad flög upp genom hålet när drängen lyfte på locket. Kanske hade han extra bråttom eftersom barnen givit honom PUREX som var ett chokladsmakande avföringsmedel med akut verkan.

Anna Kristina tyckte bäst om rejäla bonddöttrar som kunde sitt jobb och visste sin plats. Nymodigheter i hushållet skulle inte introduceras via jungfrun. Rummet hade en säng, en sekretär och en stol. Detta var lätt att evakuera eller kamouflera när rummet vid fest var passage till salen.

Jungfruns rum blev så småningom barnbarnet Evas rum. Där i sängen skrev hon realskrivning med halsfluss och hög feber medan läroverkslärarinnan, Hagströmskan, satt intill och vaktade över den sjuka för att se till så att inte otillåtna hjälpmedel kunde användas.

Eva

Jungfrurummet blev med åren en utvidgad del av hallen med sällskapsmöbel och moraklocka och skånsk konst på väggarna. Anna Kristina satt ofta där lite på avstånd från allt stoj i huset och reflekterade över tidens gång. Hon blev änka tidigt. Anders dog på kuskbocken på väg till stan. Onda tungor gjorde gällande att hästen fortsatte resan och stannade först utanför Systembolaget på Västra Storgatan.

I Jungfrurummet eller i dess nya skepnad köade gästerna på väg till salongen vid fest och födelsedagar. Uppsträckta, nytvättade och välklädda, ännu nyktra bönder och damer i påkostad utstyrsel. Nils gillade att bära smoking och hustru Lisa hade någon gång klänning av tyll med gnistrande silverprickar.

Anna Kristina var ofta klädd i svart med påsydda ebonitstrimlor som blom- och bladdekorationer. Hatt förekom aldrig inomhus. De var ämnade för kyrkan eller söndagsaktiviteter utomhus. När man for till stan gällade förstås hatt. Detta oavsett om man skulle proviantera, gå på banken eller sälja ägg. Ingen i familjen stod någonsin på Torget. Krusbär, vinbär, plommon eller ägg såldes till handlare Månsson eller någon torgförsäljare eller uppköpare.

Anna Kristina satt i hallen och väntade på skjuts hem med morfar Johan som hade en hög fyrkantig liten bil av engelsk modell. Barnbarnen kallade den ”ståplats för fyra”. Johan släppte av sin passagerare efter en kilometer framför vita huset vid landsvägen där hon bodde på gamla dar. Huruvida det blev något efterspel på kammaren är tveksamt. Anna Kristina höll nog på sig upp i 90-års åldern men slog varje kväll ut sitt vackra hår på kudden med broderat örngott med liljekonvaljer i plattsöm. Ingen såg henne när hon vaknade med avtryck av blommor på kinderna.

Jungfruns rum hade då stått utan jungfru i decennier.

Kapitel 7 HALLEN

Här tog Anna Kristina och hennes efterkommande emot många gäster. Det fanns en förhall eller vindfång där man satte av sina galoscher eller stövlar eller jaktgevär eller pälsverk som skulle hänga kallt. Innanför fanns den riktiga hallen med inbyggd trappa till vinden samt en T-formad rumskonstruktion för att i ena riktningen nå rouletten och i den andra hänga av lättare kläder. Däremellan var dörren till jungfrukammaren. En spegel förstorade rumsvolymen, värdinnan och gästerna. Det doftade av vått ylle på vintern och av syrener på sommaren. På hösten doftade det karlar vid jaktfrukost. Det förekom gemensam jakt på flera gårdar. Man började ibland hos Nils. Då blev det stor frukost med sill och snaps, köttbullar, prinskorv och stekta ägg och kanske lite pressylta med rödbetor och mer därtill.

Med ett par snapsar under västen hängde man på sig geväret och begav sig i bredd ut på fälten för att skjuta hare på plöjningen eller fasaner och rapphöns ibland sockerbetorna. Ibland gick barnen emellan skyttarna för att skrämma upp villebrådet. De fick kasta sig ner i skydd för att inte bli skjutna i korselden. Efter ett antal nedlagda djur eller misslyckad jaktstrategi nådde man fram till nästa gård. Där bröt man geväret, tog ut patronerna, drog av kängor eller stövlar och intog ärtsoppa med varm punsch om det var en kylig höstdag. Man drog jakthistorier av varmare modell än beskrivning av de jakter i skogsbygden från Småland och norrut där det inte serverades mat och dryck och där man stod på pass och frös hela dagen utan socialt sammanhang.

Efter en närande lunch var det dags att ta sikte på nästa gård. Om någon hare eller fågel vid det laget inte överlistat jägarna, så blev det ytterligare troféer och en bekräftelse på den manlighet som fick utlopp för sina nedärvda instinkter.

Kvinnor förekom inte i jaktlaget. Det fanns ingen ”Annie get your gun” på den skånska slätten. Hon stod ihop med sina jämlikar av samma kön i hallen på nästa gård och tog emot hjältarna och hade med sig kläder för ombyte till kvällens middag och begivenheter.

Då utsågs en jaktkung. Denne hade varit mest lyckosam även om det ibland bara var en långsam rapphöna som höjt sig själv och jägaren mot skyarna. Anna Kristina bar aldrig gevär men var ändå väl försvarad redan i ungdomen av sin stora svarta hund som höll inkräktare på avstånd. Det var inte fridsamheten som gjorde att hon var obeväpnad. Hon kunde med berått mod hugga huvudet av höns och sticka en kniv i slaktgrisen utan pardon.

I hallen härskade under en kort tid jultomten, innan han gjorde entré i Herrummet där skräckslagna barn och matstinna vuxna väntade på julklappsutdelning. Hallen var för barnen på julafton, helvetets och paradisets förgård. Det var gränsen mellan ute och inne, mellan offer och förövare och mellan vardag och fest.

Kapitel 8 HERRUMMET

Hillevi spelade piano. Herrarna sjöng ur Gröna Visboken eller från texten i lösa notblad eller ur hjärtat som "I sommarens soliga dagar" eller "Vintern rasat ut ...". En tenor, en bas och en sprucken kvinnlig röst. En sådan glädje i sången! Ingen kunde läsa en not så de spelade och sjöng på gehör. Musiklektioner hos kantorn 50 år tidigare samt psalmsången på söndagen i kyrkan och snapsvisor än mera frekvent var träningen.

Anna Kristina sjöng ej. Hon var alldeles för insnärjd i sina konventioner för att lätta på kontrollen. I smyg gillade hon frireligiösa melodier men det var inget hon kunde bekänna för omgivningen. Synen på de frikyrkliga var mycket intolerant och fördomsfullt. Innerst inne gillade hon gitarrspel och Frälsningsarméns sånger, men det var inget hon kunde tillstå inför sina gelikar. Även dragspelet var i Skåne behäftat med fördomar. Det var inte ålderdomshemmets musik utan de frireligiösas redskap för att locka till sig de okyrkliga. Sådan musik ansågs som mera skadlig än glada bönders dryckesvisor. Baptisterna, metodisterna, missionsförbundarna, adventisterna samt Jehovas vittnen stod inte högt i kurs hos Anna Kristina. Deras medlemmar benämndes "hällörade" på grund av att de lutade på huvudet när de ville se fromma ut. Hillevi spelade piano, sjöng och lärde barnen att röka. Ingen hade några negativa synpunkter på det, snarare tvärtom.

I Herrummet spelades det också kort. Bridge för de invigda. Knack och poker för de andra. Canasta under stilla kvällar med familjen medan fasanerna hade oljud för sig i trädgården, uppflugna i de stora bokarna. Barnen hittade pengar i fåtöljernas skrymslen. Slantar som halkat ner ur fickorna vid budgivningen. En och annan cigarrfimp hittades också.

Den hade glött utan andra konsekvenser än att Herrummet kändes än mera inrökt och hemtrevligt.

Det dracks mycket grogg i detta sällskapsrum. Billig Eau de Vie med vichyvatten. Anna Kristina drack svagdricka ibland utspätt med mjölk eller ett glas av den egna saften på rabarber och vinbär. Den var ofta i sent jäsningsskede varför den dolda alkoholhalten inte var oväsentlig. Ibland kunde damerna intaga en söt sherry eller ett glas svartvinbärslikör från Danmark. Portvin med någon hopsjunken del av en mandelkrokan kunde också förekomma. Detta dock inte till vardags, då det var utspätt kaffe eller sockerdricka som gällde.

Varför rummet hette Herrummet var uppenbart. Damernas plats var i köket eller på verandan. Herrarna kunde slå sig ner i de breda, gröna sammetsfåtöljerna utan konkurrens. I historisk litteratur skulle herren inte sitta medan damen stod upp. I bondekulturen var det tvärtom. Herrn satt och pös medan kvinnan stod eller gick för att passa upp med det som kunde behövas.

Visst, jämlikheten avancerade på papper med arvsrätt och med rösträtt, men det var husbonden som bestämde vad kvinnorna skulle rösta på. Det var inget större problem just vad beträffar partivalet. Alla var bondeförbundare. Socialdemokrater och högermän var något skrämmande och förkastligt. Det fanns en Socialdemokrat, överlärare Kroon, som alla var rädda för. Man skrämde barnen med att om Kroon fick makten så skulle böndernas barn få det lika illa som jordbruksarbetarnas barn hade det. Arbetarna skulle ta pengar från de mer lyckligt lottade för att leva i sus och dus utan att vilja arbeta. Hemska tanke för den som var just så privilegierad.

I hörnet av Herrummet stod ett stort skrivbord med blank massiv träskiva. Där fick arbetarna ut sina veckolöner på fredagarna. Några sedlar, mynt och en sup eller två som gjorde att spritsuget tilltog så att man redan på lönekvällen fortsatte att supa. Lite blev kvar till Elsa, Gullan och Amalia för att förse familjen med mat och kläder för resten av veckan.

Från Herrummet hördes snyftningar och upprörda röster en kväll när barnen ännu inte somnat i barnkammaren intill. Någon hade dött. Alla fyra rösterna hördes annorlunda. Inte som vanligt. Gråt gjorde orden otydliga. Tillbakahållna svordomar och suckar.

En av de fyra i rummet hade varit otrogen mot sin make och haft ett förhållande med en grannbonde. Nu hade dennes hustru som var fembarnsmamma, dränkt dig i badkaret hemma. Båda de inblandade paren var mycket nära vänner både sinsemellan och med Nils och hans familj. Nu försökte de prata, trösta och förstå. Förstås tog man den avlinda kvinnans parti men också den goda vännens. Hon som varit den otrogna. Hur kunde detta förstås i det konservativa och fördömande samhälle som alla var del av? Inga kritiska eller hårda ord nådde barnkammaren. Under kvällen hade de fyra gått i mörkret på järnvägsspåret för att samtala om katastrofen. Maken till den avlinda fick hela skulden. Det var han som var bocken i örtagården och gjort sina barn moderlösa. Han blev anklagad, fördömd, utfrusen och för alltid oförlåten och förgrämd till skillnad från hans älskarinna och hennes make. De blev båda förstådda och förlåtna och dansade vidare till vardags och fest.

Hur kunde det bli så? Tidens fördömande låg ju ändå närmare Sharialagarna med stening av den otrogna, än senare tiders nymornade liberalism vad beträffar kvinnans rätt till sexualitet och frigörelse! Det fanns ett öppet fönster mot framtiden om än till ett mycket högt pris.

Den felande mannen, tillika änklingen, blev socialt stenad och sköt sig med sitt jaktgevär på trappan till älskarinnans hus några år senare. Barnen hade också blivit utfrusna och blev aldrig mera bjudna på barnkalas och julgransplundringar. De äldsta klarade sig bra men de små fick sannolikt djupa sår i själen.

Anna Kristina var till skillnad från sonen, fördömande om än inte verbalt. Starka kvinnor har ingen förståelse för svaga medsystrar. Ändå var det kanske så att hon kunde överse med kvinnans felsteg för att denna var svag och för att älskarens brott var så mycket större för att det tagit livet av den helgonförklarade hustrun.

Vem blev dömd av vem? Hade den som blev utpekad eller frikänd tillgång till något försvar? Sannolikt försiggick fördömanden och domar utan möjlighet till överseenden eller förståelse? Så gällde också för ekonomiska brott, tidens korruption eller någons oförmåga att hantera alkohol. Även social inkompetens straffades hårt. Man behövde inte vara smart eller intelligent men man fick inte bryta mot sociala konventioner eller klassamhällets regelverk.

Anna Kristina upplevde kolossala förändringar i samhället mellan slutet av 1800-talet till andra hälften av 1900-talet. Från Karl XV och Oscar II:s tid till Hitler, Kennedy och Olof Palme. Hon var bärare av sin tids normer och värderingar men som varje generations representant, var hon också ansvarig för att ta till sig allt det nya.

Hur lätt är det inte att sätta sig till doms över det som hänt i en tidigare värld med senare tiders inskränkta synsätt?

Utan att förstå Anna Kristina är det svårt att förstå sin egen tid. Med facit i hand kan man förstås ondgöra sig över människor som inte förstått. Det är alltid segraren som skriver historien.

Det var Anna Kristina som skrev vår historia i Herrummet. Där lekte hon "gömme" med barnbarnen när hon var barnvakt. Lägga sig på knä bakom en fåtölj eller gömma sig bakom ett draperi eller sitta på huk bakom barskåpet var det som hon bjöd på. Detta bar hennes generation vidare till de unga. Hon var gränslöst entusiastisk i sin förmåga att lämna ut sig själv. Alva Myrdal tittade på sina barn och antecknade med kalla händer medan Anna Kristina deltog i leken och kramades med varma händer.

När det var stor fest dukades det ett långbord i matsalen samt två parallella bord i Herrummet. Stolar som normalt staplades på vinden blev sittplats för många gäster. Det var nymanglade vita dukar, vackert porslin och gnistrande glas. Oftast var det blommor från trädgården och på damernas bröst satt små blombuketter med nål och cellofan. Sammanlagt kunde nog de två rummen rymma ett 50-tal middagsgäster, där Anna Kristina hade sin plats som värdinna eller senare som abdikerad kungamakerska.

Hon kunde inte nog älska sin son som var bortskämd och curlad på den tidens vis. Han skulle ju överta gården och bli storbonde. Systern Agda blev omildare behandlad och ej favoriserad som sin lillebror. Hennes uppgift i livet var att lära sig bondmorans hantverk och hitta en bra karl som kunde försörja henne. Helst skulle han ha en stor gård och inga syskon. Hon hittade honom och förblev snäll och följsam hela livet. På gamla dar blev dottern en kopia av sin mor Anna Kristina. Hon skrattade och viskade hemligheter till bordsgrannarna och förfasade sig över nymodigheter. Hon blev aldrig en bra bridgespelare sa hennes bror! Vid stora middagar var Agda ofta placerad på en framskjuten plats där hon kunde muntra upp sällskapet med sin sociala kompetens och sprida sina nyheter och konspirationsteorier. Som lyckligast var hon när hon berättade om en snål grannbonde som reste till Amerika utan att ha stängt av köksspisen. Elräkningarna var höga även på den tiden. Agda dansade som en brottare i sista ronden men med stöd av starka bönder höll hon sig alltid på benen. Den som dansade vackrast var den mörkhåriga Ellen i röd klänning med vita prickar som flamencodanserskor. Hennes man Filip njöt av att se sin käresta i primadonnans roll medan karlarna köade för en dans mellan groggarna och chokladkonfekten.

I Herrummet fanns efter mitten av 1900-talet en öppen spis med svart marmorskiva. Kakelugnar och vedspis hade rensats ut till förmån för oljeeldning och värmeelement. Billigt, enkelt och lättskött enligt den tidens mått. Nu slapp Anna Kristina, Agda eller pigor lägga in ved i eldstäderna. Förut, innan oljans tid, fick också någon skyffla kol eller ved ner i källaren där värmepannan skulle matas dygnet runt på vintern.

På den svarta marmorskivan stod kandelabrar samt en vit staty av Diana på jakt. Ovanför hängde porträtt av Anna Kristina och Anders. Foton som tagits i början av seklet med högtidskläderna på. Svart kostym med hög stärkkrage och höghalsad svart klänning med traditionell brosch nedom halsgropen. Inte ett leende synligt utan djupt koncentrerade och allvarsamma i väntan på rökexplosionen under fotografens slöja.

Vid båda sidor om den öppna spisen hade Anna Kristina placerat två trebenta bord i mörkt trä med spetsdukar och fotogenlampor. Senare stod där en radiogrammofon i teak. Där kunde Nils spela sina favoritskivor såsom operettmusik, Jussi Björling eller Sven Arenfeldt eller Bertil Boo. Pianot stod mellan de stora fönstren mot gården där den tjocka murväggen gjorde att tonerna och oktaverna tappade sin stringens. Minst en gång om året kom en blind pianostämmare och försökte få ordning på strängarna och de filtklädda klubborna. Det var aldrig tal om att flytta instrumentet till en annan vägg.

Framför brasan kunde man kura ihop sig medan snöstormen ven kring knutarna. På skånska slätten kom oftast snön på tvären. Den var blandad med sand som svider i ansiktet och gör snödrivorna hårda som cement. Ibland kunde det bli så kallt att gödselstacken frös till. Den utgjorde den enda skidbacken vid gården och var både brant och kort.

I Herrummet hade Anna Kristina möblerat till vardags och fest. Bekväma karmstolar och en högryggad soffa med textilier på både möbler och väggar. Allt inrökt och hemtrevligt enligt den tidens smak. Hopsydda vackra trasmattor som senare byttes ut mot röllakan, wilton, rya och så småningom orientaliska mattor. Anna Kristina kunde sätta sin prägel på Herrummet som sedermera blev vardagsrum där TV och andra moderniteter tog plats.

Det var i Herrummet det hände; glädje, bråk, livets planering, veckolöner och släktkonflikter. Det var där barnen blev vuxna och det var där Anna Kristina blev gammal. Det var där historien upprepar sig med begravningskalas, studentbaler, Hylands Hörna och krigsrapportering eller radioföljetong såsom Utvandrarna av Vilhelm Moberg.

Kapitel 9 BARNKAMMAREN

Där utspelade sig vid flera tillfällen dramatiska händelser när ett av barnbarnen fick nattliga attacker av mardrömmar med vildsinthet och kramper och konstiga ljud och skrik. Det gick inte att få honom att vakna på något annat sätt än att Anna Kristina hällde okokta bruna böner över honom. Möjligen någon gång istället ärtor eller ris eller vad som fanns tillhands. Kuren var både drastisk och dramatisk och härrörde kanske ur kloka gummors handbok för behandling av barnepilepsi. Syskonen försökte efter Anna Kristinas instruktioner dra i fötterna eller badda med iskalla våta handdukar där man kom åt. Spektaklet kunde vara från några minuter till en halv timma och slutade alltid med att alla sov gott resten av natten.

Någon läkarkontakt vad beträffar anfallen var det aldrig tal om. Överhuvudtaget oroade man sig aldrig över barns sjukdomar och symptom oavsett det gällde scharlakansfeber eller blindtarmsinflammation. Det senare kunde gått illa då samma barnbarn utvecklade bukhinneinflammation efter brusten blindtarm. Han räddades av Flemmings nyupptäckta penicillin efter två akuta operationssnitt och en del kapad tarm.

Barnadödligheten var hög på Anna Kristinas tid men generationerna efter hade större chans att överleva tack vare medicinska landvinningar och bättre mathållning. Det senare resulterade dock i utbredd karies eller mask i tänderna som det hette. Det var på grund av mera socker i mat och bakverk innan tandborsten hade blivit var mans egendom.

Det hotade många faror i barnkammaren såsom tuberkulos och difteri innan vaccin blev tillgängligt.

Den stora barnabödeln var dock epidemier av barnförlamning (polio) då vaccinering blev allmänna först på 50-talet. Barn hamnade i dåtidens respiratorer eller i gipsvaggor på vanföreanstalter som var föregångare till ortopedi-kliniker. Ortopedi betyder ”räta ut barn”.

Barnförlamningen var ett ständigt hot och orsaken var okänd men livet omgärdades av diverse teorier om hur man kunde undvika att bli sjuk. Barn skulle följa vissa regler; inte äta omogen frukt, inte leka i lövhögar, inte bada direkt efter maten och att äta upp det som fanns på tallriken osv. Långt senare skulle samma generation leva under hotet av kolesterol och liknande konspirationsteorier angående ägg, räkor och radioaktivt kött m.m.

I barnkammaren var man helt ovetande om all världens faror som väntade där eller utanför väggarna. Det bodde en igelkott under barnens rum i ett hål i husgrunden. Hans familj hade det också bra.

I barnkammaren fanns en trasig korkmatta med hål och ojämnheter närmast väggen under sängen. Där kunde man hitta pusselbitar och andra förlorade leksaksrester om man stack in barnfingrarna och sökte spår efter den tid som flytt. Skatter fanns där under korkmattan men också på många andra håll, t ex i håligheterna i päronträdets stam utanför köksfönstret. Där stoppade barnbarnsbarnet ner glaskulor som aldrig gick att hämta upp.

Hemligheter fanns också i kassaskåpet som var placerat i barnkammaren. Beige/vitt med målade guldslingor, senare grönt, med komplicerade låsanordningar. Två blommor i metall, såg ut som bröst på en ung flicka, satt upptill och skulle pressas snett uppåt höger för att det som såg ut som en stor navel skulle öppna sig för att där kunna sätta in en eller flera nycklar. Barnen hade ej tillgång till kassaskåpet men fantiserade om dess hemligheter. Bakom och under kunde man förvara sådant som syskonen inte skulle upptäcka eller förstöra.

Från barnkammaren hade man utsikt över gårdsplanen där det hände många märkvärdigheter. Barnen var särskilt intresserade av att betrakta skådespelet när tjuren kom på besök för att betäcka någon brunstig ko som ville ha en kalv. Kon blev inklämd i en smal vagn och där i den trånga spillran blev hon fastbunden och sedan var det fritt fram för tjuren att bestiga sin älskling med viss assistans från gårdens folk samt en kätting som slutade med en ring i mulen. Det var den tidens piercing.

I dörren mellan Barnkammaren och köket hängde en gunga. Med den kunde man ta bra fart och hoppa långt in i köket bland bakverk och pastejer vilket inte alltid uppskattades.

I Barnkammaren fanns en platt glaslampa med röda och gröna blommor och blad. Den sparkades ner med hjälp av en fotboll under en julafton i mitten av seklet. Straffet blev hårt med marsch i säng utan julklappar. Lärorikt för att hantera livet framöver. Den som avlossade sparken var ett barnbarn, ett så kallat krigsbarn från Finland. Agdas familj hade tagit honom till sig när ett eget barn dog efter födseln. Han var orättvist oälskad av Anna Kristina. Hon gjorde stor skillnad på egna och andras ungar och kunde inte likabehandla ett fosterbarnbarn som senare adopterades på ett kärleksfullt sätt. Han fick alltid utstå särbehandling och klander och fick skulden för sådant som han var oskyldig till, dock inte fotbollen på julafton.

I Barnkammaren läste Anna Kristina sagor för barn och barnbarn. Sagorna hämtades från jultidningarna eller från H C Anderssons berättelser eller Bröderna Grimm. Serietidningar var ett senare påfund men när de väl dök upp så var det både Tarzan, Fantomen och Kalle Anka. Stor nytta var det med Illustrerade Klassiker som kunde få lata elever att på ett enkelt sätt få en uppfattning om Hamlet, Don Quijote eller Greven av Monte Christo utan att behöva plöja igenom originalen. Det var den tidens Artificiell Intelligens som gjorde ojusta genvägar möjliga! Nils Holgerssons Underbara Resa lästes i original med stor spänning och behållning både hemma i sovrummet och vid lärarinnans högläsning i skolan.

Barnkammaren, liksom andra rum i huset, pyntades till jul med stjärna av lättantändlig orange papp i fönstret samt ”kararev” i lampan. Ett annat ord för lummer som plockades i skogen eller köptes på torget i nystan. Det var en grön slingrande växt som fanns bland mossa och stenar uppe på åsen. En eller annan bomullstuss eller garntomte kunde man trassla in. Sedan torkade alltihop och var en pyrande fara när glödlamporna blev varma. Istället för brandvarnare luktade man sig till hotande rökutveckling. Överhuvudtaget var eld en stor fara, inte minst vid häftiga åskväder, då barnen kröp ner under täcket och räknade sekunder mellan blixt och dunder.

Under årens lopp hade flera gårdar stått i brand på slätten vid blixtnedslag. Barnen kände av föräldrarnas oro och läste ”Gud som hafver….” tills faran var över. Brandsläckare fanns ej mer än en plåthink med pump. Alla var medvetna om att det inte skulle hjälpa om längan med höskullen skulle ta fyr! Olof Larssons Nyhem brann ner, Olof Olssons gård i Hovby brann ner och gården intill Snårarp vid horisonten mot söder brann ner. Någon åskledare hade man inte på de byggnader som stack upp på den platta slätten. Barnen fick inte leka med tändstickor men en del kunde inte låta bli.

Någon unge tände på pappersduken på ett barnkalas. Det kunde gått illa. Anna Kristina skyddade barnen från stränga straff.

Så småningom blev Barnkammaren gårdskontor där Nils satt vid det stora skrivbordet och rökte pipa och lyssnade på TT-nyheterna klockan 12:30. Då fick han inte bli störd och inte heller efteråt då han vilade på schäslongen efter maten. Vid skrivbordet sköttes daglig post, räkningar och jordbruksdokumentation i breda böcker med många linjer. Bläckpennan användes flitigt men skrivmaskin fanns aldrig. Däremot en räknemaskin där man drog i veven till höger så att en hel rad av olika höga metallpinnar dök upp och fastställde sifferraden. I januari var maskinen i full gång för att summera allt underlag till deklarationen. Hu så hemskt alla tyckte att det var. Räknemaskinens technomusik var inget som gav sinnesro. Revisor Algot var på plats under flera dagar och höjde ej stämningen i huset trots att Anna Kristina serverade kaffe och kakor med jämna mellanrum. Deklarationsdags var så nära helvetet man kunde komma och detta trots att affärerna sannolikt gick bra.

Barnkammarens väggar hade en tapet i beige med röda vallmor. Under tapeten fanns ett mjukt byggmaterial, föregångare till gipsskivor. Man kunde som barn lätt peta upp ett hål in i byggskivan och där inne vidga håligheten till ett hemligt utrymme där små lappar kunde gömmas undan. Inte olikt klagomuren i Jerusalem men utan klagan.

Barn hade det bra och behövde varken visa missnöje eller be böner. Däremot kunde det kanske fungera som en slags flaskpost till kommande generationer? Dock pluggades hålen igen när nya tapeter sattes upp men djupt därinne finns meddelanden till den som läser denna rapport om Anna Kristina och hennes värld.

Kapitel 10 KÖKET

Där härskade Anna Kristina och senare svärdottern Anna Lisa eller vid fest Fru Lönnblad. Köket var inte stort och med utspisning av gårdens folk blev det oftast fullsatt. Då serverades kålsoppa, bruna bönor, fläsk eller stekt sill. Mycket äpplen ingick i husmanskosten. Det var de stora gröna ”Bullerhus” som stektes i skivor och kunde förvaras hela vintern. Potatis i alla former var basföda eftersom det var gårdens egen produkt. Likaså kål, morötter, rödbetor och jordärtskockor. De senare växte frodigt kring hönsgården.

I köket fanns en vedspis som matades med finhuggen ved från den stora bingen vid väggen. Bränslet kom från Anna Kristinas släktingar på Linderödsåsen eller senare från vedhandlare. Köket var opraktiskt och bestod av en diskbänk och ett stort bord där man både förberedde och åt maten. Där ristade Nils in sitt namn i början av seklet och det fick bli kvar i mer än hundra år. Även märken efter köttkvarnen fanns där samt hacken från yxa och kniv vid slakten. Nedgången till källaren i hörnet mot trädgården tog mycket plats och flyttades så småningom till köksfarstun. Detta för att få plats till senare tiders kylskåp.

Fru Lönnblad svettades i köket inför råvarorna till den festmat hon skulle få ihop Hon var inkallad kokerska och anlände redan på morgonen långt innan servitriserna dök upp. Denna yrkeskvinna var en pärla på att få till stora bondkalas. Sträng och klok. Det barnbarn som försökte sabotera köksarbetet blev handgripligt utkastat. Hon bevakade den armé av småkakor, oststänger och ägghalvor som paraderade på bordet samtidigt som laxen kokte i sin avlånga sarkofag och fläskfilén eller oxtungan låg förberedd på hennes angrepp med kniven. De gröna ärtorna rullade runt i ett anarkistiskt kaos innan hon tog kommandot och samlade in dem för att förvandla friheten till en puré. Fru Lönnblad var inte ”du” med Anna Kristina eller svärdottern. Det titulerades mycket i köket med frun hit och frun dit medan proffset endast tilltalades Signe.

I sista stund skulle aperitiftilltugget göras klart. Då fick barnbarnen äntligen en roll. Diverse små ostbitar, oliver, vindruvor, miniköttbullar, miniprinskorvar och blomkålsbitar skulle spetsas fast på tandpetare och stickas ner i en rund melon. Ve den som mumsade i sig något av grannlåten.

Marängsvissen skulle förberedas. Husets inlagda päron med hackade hasselnötter och vispad äggvita skulle in i ugnen vid rätt tillfälle. Ännu svårare var det med katrinplommonsufflé. Inför det kraftprovet fick barn och utomstående lämna köket. Kvar var bara generalen som med strategisk skärpa fullföljde seger eller nederlag.

Det var mycket svett och tårar men väldigt sällan hamnade något i ”slabbehinken” som stod under diskbänken. Innehållet i den var ämnat för grisarna.

Anna Kristina och hennes svärdotter var inte så bra på det som inte var vardagsmat. Riset blev till klister, flundror blev till hårdstekt toast och harfärsen blev till en stabbig svårsmält massa. Fläskkotletterna med pepparsås blev däremot de bästa i världen.

Anna Kristina fick på gamla dar något fel på matstrupen och då uppstod en hosta med gurglande ljud. Den kallades för ”farmorshosta” som också blev namn på en gröt som bestod av mannagryn och choklad.

I källaren sköttes styckningen vid gris- eller kalvslakt men fortsättningen fick ske i köket. Där koktes grisfötter och där gjordes pressylta av slarvbitar med kryddpeppar. Gudomligt gott med rödbetor. Man förberedde också i köket all den ål som skulle tas omhand i hushållet. Gården hade, via arv från Österlen, en s k åldrätt som bestod av en smal vattenremsa vid Hanöbukten med rätt att sätta ålgarn vinkelrätt mot stranden några hundra meter ut. Drätt är egentligen en långsmal vävnad. Till fiskerättigheten följde en fiskebod. Kongaboden var ett namn med dansk anknytning. Allt utarrenderades till fiskare och gav cirka 80 kg ål per år i arrende. I takt med det minskade ålfisket blev denna egendom så småningom värdelös.

Dock fördes traditionen att äta olika sorters ål vidare! Det var rökt ål, kokt ål, stekt ål, inlagd ål, luad ål som var grillad på bokved och halmad ål på en bädd av pyrande halmstrån. Även ålsoppa tillhörde ålagillet. Det åts mycket så kallad ”fall-ål” som var rundrökt ål som fallit ner vid rökningen på Ålexporten i Åhus. Den var billig och lika god som den man sålde till resten av världen. Att flå ål var ett konsthantverk som Anna Kristina behärskade med hjälp av en kniv och en hovtång.

I köket flådde man också hare och plockade fasan. Det förra var ett karlagöra och det senare en kvinnosyssla. Jaktbytet skulle först hänga för att köttet skulle bli mört, någon vecka utomhus med granris i kroppshåligheten. Djuret skulle hänga så högt att inte hundar eller räven kunde nå upp.

Här i köket satt drängarna och åt eller drack kaffe. Det var Ryktaren som hade hand om korna och kalvarna. Han bodde i ett eget hus i byn. Det var Olle som var både arbetsam och smart men drack för mycket. Han bodde i ett hus som ägdes av gården. Han var gift med

Gullan och hade 6-7 barn varav de två äldsta döttrarna tidigt hamnade i olycka och blev utnyttjade av lastbilschaufförer och soldater. Det var också Sven Duva som egentligen hette Nils. Han var inte så smart. Han var gift med Elsa som var en genomskinlig mager dam som hade fött två söner varav den ene med tiden fick en hög befattning. Sven Duva hade ett drastiskt språk och uttalade omdömen om tiden och livet utan att ha spottat ut snusen. Han hade varit vid Stenshuvud på Österlen och tyckte "att det var en jävla grann traktajävel". Han hittade en gång en stenåldersyxa när han plöjde och fastställde "att på den här jävla gården har man alltid varit slarvig med verktygen!" Han hade god erfarenhet eftersom han anställdes direkt efter skolan i 14-årsåldern och blev kvar där till sin pension. Anna Kristina och sonen Nils gav honom en chans i livet och tyckte mycket om både hans arbetsförmåga och hans solidaritet och trofasthet. Han klarade aldrig av att ta traktorkörkort så han fick hålla sig på åkrarna och inte köra på allmän väg.

I köket hanterades alla familjens kriser från dödsfall till klimakteriebesvär med ojämnt humör, från barnaga till prostatabesvär eller bekymmer med väder och vind, torka och blöta. Allt försökte man lösa i närtid så att det inte skulle störa morgondagen. Lyckan befann sig nog i köket mer än i något annat rum. Det var platsen för stabilitet och bevarande. Det senare, i en annan form, handskades man med när konserveringsapparaten togs fram. Det var en hög kittel i plåt eller aluminium med lock och termometer. I den nedsänktes glasburkar med innehåll som skulle konserveras, t ex svamp, päron eller ål. Med värmens hjälp skapade man ett sterilt vakuum som höll matvarorna fräscha och ätbara över vintern. Röda gummiringar garanterade förslutningen av glasburkarna. Det var sannolikt oklart om kökets folk förstod hur det gick till. Frysboxen hade ännu inte gjort sin entré.

Metallkonservburkar fanns att köpa men de var för folk i stan som inte förstod bättre.

I köket bakade Anna Kristina nästan varje dag. Bröd måste vara färskt men kakor kunde sparas i en plåtburk prydd med stjärnor och kungaporträtt. Dock inte rulltårtan som var favoriten när den serverades med kaffe ute på åkern i lä bakom en halmstack.

Köksingången var en sorts sluss mellan den värld som luktade gris och ko och smörjolja och den värld som doftade rulltårta med björnbärssylt eller pressylta med kryddpeppar. Blandningen var nog det som utmärkte Anna Kristinas Hus.

Om man åkte till stan eller till skolan fick man inte lukta gris och när man gick i kyrkan fick man varken lukta ko eller rulltårta. Då skulle man dofta nypressade kläder med kamfer eller naftalin eller i bästa fall lavendel med inslag av åbrodd och såpa.

Från köksfönstret hade den som stod och diskade utsikt mot Norra Åsums kyrka. Det var Anna Kristinas församlingskyrka 4-5 km bort mot sydost. Där låg hennes man Anders i familjegraven liksom hans föräldrar. Där på kyrkogården skulle så småningom Anna Kristina hamna liksom hennes barn och några barnbarn. Flera i familjen hade gift sig i den vackra, vitkalkade medeltidskyrkan. Det var där man träffades vid de stora högtiderna; påsk, advent och jul. Åt väster låg Skepparslövs kyrka, ej synlig från gården men inom 3 km avstånd. Där hade Anna Kristina gift sig och där vilade hennes föräldrar, Sven Holmgren och hans hustru. Åt söder låg kyrkan i Wä som var en gammal dansk stad som sköts sönder av svenskarna på 1600-talet. Kyrktornet kunde skymtas men framför reste sig skorstenen vid bränneriet där man gjorde sprit som långt senare kom att kallas för

Absolut Vodka. Åt nordost kunde man se tornet på Trefaldighetskyrkan i Kristianstad. Den var byggd av danskarna under Christian IV:s tid innan svenskarna erövrade staden. Där hade man skolavslutningar för Läroverket när Anna Kristinas barnbarn var elever där. Således fanns fyra kyrkor inom några km avstånd men ändå bortom Anna Kristinas vardag. Hon tog ansvar för sig själv och de sina utan Guds hjälp. Honom tog hon bara till i nödfall när hennes egen kraft inte räckte till. Hon var en sorts hybridkristen som använde motorn endast när batteriet tog slut. Så värst troende var hon nog aldrig. Alltför egensinnig för att lägga sitt liv i någon annan klåpares händer.

I köket förbereddes Nils födelse. Det fanns inget varmvatten i kranen. Det fick man värma på spisen. Handdukar ångades och verktyg koktes Att han överlevde sin födsel där i rummet intill berodde på att man var noggrann och kunnig. Kunskapen fanns i köket oavsett om det luktade ko eller kost. Professionalism fanns långt före ordet myntades.

Kapitel 11 KÄLLAREN

Detta var en värld för sig. Här fanns lika många rum som i bostadsdelen och indelningen var densamma bortsett från tjockare murar och djupare fönsternischer. Det var ursprungligen stampat jordgolv men så småningom cementgolv i grått utom i pannrummet där allt var svart till följd av förvaring av kol och briketter. Dock med tiden blev även detta rum rent när oljetanken hade svetsats på plats där.

Anna Kristina föll utför den branta trappan vid flera tillfällen i livet. Armar och ben höll, till och med när hon störtade ner med det stora skinkfatet vid jul, men som gammal kunde barnbarnen notera att hennes ena handled var sned och krokig till följd av att hon tagit för sig vid fall i den trappan eller i vindstrappan som var brantare men mjukare i trä! Hon lät sig aldrig pjoskas med och det var först med en bruten lårbenshals på gamla dar som hon tog emot hjälp.

Under en period i livet hade hon svårt handeksem men använde aldrig de salvor hon blev ordinerad utan trodde på och använde sina egna behandlingskurer. En sådan var att tvätta sig med vatten från en bäck uppe på åsen. Vattnet skulle hämtas på kvällen vid fullmåne och bäras fram och tillbaka över bäcken några gånger. Hudåkomman försvann av den ena eller andra anledningen.

Mycket skulle fraktas upp och ned i källartrappan. Där nere förvarades all mat före kylskåpets och frysboxens tid. Stora skåp med nätdörrar och vaxduksbelagda hyllor fanns i det närmaste källarutrymmet. Intill fanns ett vitkalkat rum med vackert valv. Där hade Anna Kristina alla sina syltburkar, saftflaskor och konserverade inläggningar av frukt och grönsaker prydligt ordnade på rad med handskrivna etiketter. På hyllornas framkant fanns vacker handarbetad spets i vitt och rött fastsatt med häftstift i mässing. Denna skattkammare vette mot kylan i norr och var belägen under barnkammaren.

Under matsalen fanns ett stort rum med ett bastant bord där allt hantverk utfördes efter slakten. Styckning, malning, korvstoppning och tillredning av sylta samt insaltning. Det som skulle rökas skickades bort till ett rökeri. Ost tillagades också på detta bord. Här putsade Anna Kristina de gula ystade skönheterna och tvättade dem med sprit och svepte in dem i linnedukar för att sedan lagra dem i en stor sädeshög, företrädesvis korn. Det fanns en järnspis i hörnet. Sannolikt från Ankarsrum. Den tändes vid matförberedelse. Tvätten sköttes ej i källaren utan ute i brygghuset där det fanns en stor vedeldad tvättgryta.

Bortom slakt- och sedermera frysboxrummet fanns ett mörkt utrymme där det stod ett stort träkar innehållande sand från Åhus. Där förvarades morötter, rödbetor, pepparrot, jordärtskockor och purjolök mm. Dessa livsmedel höll sig färska där hela vintern och våren.

Inne i valven mot norr förvarade Nils pengar i plåtburkar. Det var oredovisade inkomster som aldrig hamnade i bokföringen eller på banken. De kallades "kalla pengar" eftersom de fanns i ett oeldat utrymme. Förmodligen hade Anna Kristina "varma pengar" som förvarades i madrassen!?

Det verkade inte finnas brist på kontanta medel med tanke på hotellboende i Malmö vid teaterbesök eller turer till Köpenhamn eller sentida bilinköp mm. Finansminister Sträng var inte så sträng som sentida skatteindrivare.

Vid svårtider under första eller andra världskrigen led inte bönderna i Skåne varken av svält eller umbäranden. Man delade med sig till släkt och vänner och anhöriga och sannolikt också till trofasta lantarbetare med stora familjer. Det var mycket potatis och fläsk som delades ut. Också till lärarinnan i skolan vilket kanske påverkade familjens framgångar under skolgången!

Anna Kristina hade i sin barndom fått del av det då hon till och från bodde hos lärarinnan i skolan i Nävlinge i den fattigare skogsbygden. Hennes föräldrar betalde in natura och hon fick lära sig det som behövdes för att senare i livet kunna hantera umbäranden och makt.

Bortom kalla rummet och rotfruktsrummet fanns ett par stora utrymmen där det bland annat förvarades en vinterskrinda på medar. Det fanns en ingång från västra gaveln med en bred stentrappa ner till källaren. Där kunde man få ner utrymmeskrävande ägodelar när de inte längre användes.

Skrindan var av trä och smidesjärn med metallmedar. Den drogs av en eller två hästar, sannolikt ej trojka som i Ryssland, men ändå imponerande i snö på väg till kyrkan med facklor och frustande Ajax och Brunte. Skrindan bestod av kuskbock och säte i grönt läder. Den hade nog varit en skönhet en gång i tiden men med åren i källaren flyttade mössen in bland stoppning och fjädrar och dess storhetstid var förbi. Vid Nils 50-årsmiddag beskrev barndomsvännen Hugo sitt första möte med Nils. ”Anna Kristina hade honom i famnen i en stor filt i skrindan och när den vecklades ut så låg där en yngling i 7-årsåldern och rökte pipa ”.

Världen och barnuppfostran har förändrats sedan Anna Kristinas tid. Den speglade tidsandan med könsroller, tillåtande och konservatism samtidigt som den stränga straffkulturen ibland kunde ge efter för en mer frisläppt kollektiv uppfostran i storfamiljen. Varje generation skapar sina normer och gör sina val i tidsandan.

Anna Kristina uppfostrade en dotter och en son. Det var stor skillnad vad beträffar förutsättningar och tolerans. Jämställdheten var ännu inte uppfunnen även om det i politiken i huvudstaden så småningom genomfördes kvinnlig rösträtt och reformer angående förmyndarskap och arvsrätt.

Agda fick dras med sin könsroll genom hela livet. Nils hustru som var mycket begåvad och duktig i skolan fick aldrig chans till högre studier. Begåvningsreserven hölls fortfarande på plats av sociala strukturer och inskränkta föreställningar om behov och nyttan av utbildning.

I utrymmet djupt inne i källaren förvarades också andra rester från den tid som flytt såsom seldon, stamtavlor över döda kor eller hästar samt gamla möbler som ej längre passade in i en modernare tidsepok. Där fanns också stammar och tjocka grenar från nedsågade äppelträd som väntade på att bli ved eller finsnickeri. Man kunde också finna sättugnsplattor i järn med reliefdekorationer av klassiska motiv. Rester av nermonterade kakelugnar och takstukatur låg osorterade i något hörn. Även någon slags jordbruksmuseum förvarades där såsom stenyxor, hackor och järnkrokar. I den allmänna röran fanns också det som kännetecknar ett hus varifrån ingen någonsin behövt flytta ut.

Källarutrymmet under långa rummet blev, efter uppgradering med vita väggar och cementgolv, så småningom bordtennislokal med bord i professionell storlek där det dock var svårt att rädda kantbollarna. Här nere var tillhållet för syskon, kusiner och nästkusiner under tråkiga släktkalas och högtidssammankomster. Bordet kunde förutom pingis användas till mangelbord eller till uppställningsplats för apelsinlådor som inköptes på vintern. Äpplen förvarades på vinden som var musfritt område vilket också källaren blev efter det att golven belagts med cement.

Innanför pingpongrummet fanns ett litet rum med vitkalkat valv. Det blev med tiden en sorts spansk bodega där Anna Kristina, som aldrig rest norr om Jönköping eller söder om Köpenhamn, kunde slå sig ner på gamla dar bland tomflaskor från Spanien i skenet av stearinljus i en vinflaska i bastkorg från Italien. Bordet mellan gamla trädgårdsstolar bestod av en tillyxad stubbe från ett körsbärsträd. Väggarna var dekorerade med någon tjurfäktningsaffisch eller målningar av barn eller konstnärer i släkten. Det huvudsakliga barutbudet var öl från Finlands Bryggeri i Kristianstad.

Mot söder, utanför fönstren med de djupa nischerna blommade rosor på sommaren och tulpaner på våren. Mot norr vindlade välklippta buxbomshäckar. Mot öster fanns planteringen med sommarblommor invid vinbärsbuskarna. Längre bort fanns liljekonvaljer och blåsippor bland bokarna.

Anna Kristina skötte trädgården med hjälp av husets folk samt någon dräng på hösten då det var väldigt mycket löv att frakta bort. Då skördades också bokollon som dels målades och sattes i kransar på ljusstakar, dels blev till godis när barnen pillat ut de trekantiga svårskalade nötterna.

I källaren existerade någon slags skuggvärld av det som fanns ovanför och var en förutsättning för att livet i huset skulle fungera. Anna Kristina som var född under enklare förhållanden med begränsade utrymmen älskade källaren och blev härskarinna även där.

Kapitel 12 VINDEN

En gömd, brant och smal trappa upp. Där kunde dock fraktas tunga bördor t ex skäppekorgar med all höstens frukt. Vinden var frostfri. Där bredde Anna Kristina ut alla äpplen och päron på tidningspapper. Störst plats tog det stora gröna äpplet Bullerhus och det rödkindade Ingrid Marie. Det förra till matlagning hela vintern, det senare för att njuta av. En del serverades till familjen från fruktskålen, en del blev ugnsstekta äpplen med mandelmassa i mitten. Ibland ingick husets frukter i sallader blandat med mer exotiska inslag. De stora gröna blev skivor som stektes med fläsk eller i smör med jordärtskockor som kunde grävas upp bakom hönsgården under hela vintern om inte frost eller snö lade hinder i vägen. Anna Kristina och Nils skötte äppellagringen med omsorg. Så fort någon frukt såg rutten ut så plockades den bort. Barnen fick ej beträda ytan med skörderikedomen. Också andra golvytor på vinden var förbjudna att beträda då det fanns risk för att man skulle trampa igenom någon svag planka och hamna i våningen under. Dessa svaga punkter var utmärkta med en plåtbricka eller en masonitbit.

På vinden fanns bastanta byggkontruktioner, bärlinor, med uppvinklade stockar av trä hophållna med järnbeslag. De avlastade och bar upp taket i Salen och Herrummet. Yttertakets bärande längsgående stockar gav mycket utrymme för krokar och rep som var lämpliga för att hänga upp och förvara diverse skördealster, t ex timjan, eterneller och korgar med varierat innehåll. Där fanns också träbockar där det vilade hästsadlar och seldon och täcken. Vinden var en hemlig skattkammare som aldrig upphörde att locka till upptäcktsfärd.
Anna Kristina hade dålig kontroll på vad som bars upp dit. Således hittades långt, långt efter krigen säckar med råkaffe. Orostade bönor som man glömt bort.

I skrymslen fann man också, i mitten av 50-talet, oöppnade förpackningar av Rydbergsglas som sannolikt beställts via någon tidning, knalle eller annan variant av dåtidens e-handel. Storinköp av gårdfarihandlare fanns också i dolda utrymmen djupt inne under takfoten. Det var tvättklämmor, strumpeband, disktrasor och säkerhetsnålar. Allt detta var ting som Anna Kristina investerat i för att kunna möta en osäker framtid.

Det stod kistor på vinden fyllda med sängkläder och hästfiltar från svunnen tid. Kuddar med broderier, ”agedynor”, handarbetade av generationers kvinnor, fanns nedpackade med malmedel och omsorg. Framför gavelfönstren mot öster och väster stod halva rundade bord med klaff och maskätna ben. Förmodligen föll de ihop när de en gång skulle avlägsnas men innan dess gav de karaktär av fönsterbord på en restaurang. Från fönstren mot öster kunde man, när boklöven fallit, ana Hovby, där Agda och barnbarnen bodde. Åhus låg där bortom vid Hanöbukten. Där hade Nils och Agdas Nils byggt en sommarstuga vid havet på 40-talet. Den var en liten, enkel men härlig lyxartikel i dåtidens Skåne. Det var de rika köpmännen från stan och normalt inte bönderna som hade sommarstugor. Där tillbringades många söndagar på sommaren med skönt strandliv ackompanjerat av plommon och krusbär blandat med fin vit sand mellan tänderna samt medhavd middag i korgar i tallarnas skugga. Enstaka övernattningar förekom också, dock mest för kvinnor och barn.

På vinden, i krokar, hängde före detta blomsterkorgar från familjens högtidsdagar. De kunde vara fyllda med garnhärvor eller varprullar eller mattrasnystan i alla färger för framtidens arbete i vävstolen.
En nedmonterad sådan fanns i en hög. Sittbrädan och slagbommen var slitna och slipade av kvinnors arbete.

Staplade stolar för fester stod som moderna installationer med stöd av varandra. Med en liten stöt från ett barn kunde hela pyramiden falla framåt med ett otroligt brak. Då var missnöje från husets vuxna att vänta. Vindens innertak som bestod av brädor och där ovanpå träspån och överst tegeltakpannor var oerhört stabilt. Aldrig hade det regnat in, aldrig hade någon fågel eller mus tagit sig in!

Sotarens tid var förbi då det endast eldades med ved sporadiskt i en av de tre skorstenarna. Det var nu oljeeldning! Det gav lite sot liksom myseldningen i öppna spisen i Herrummet m. Övriga skorstenar var igenmurade men prydde med sitt tretal, husets yttre.

När någon föll i vindstrappan kändes det som en jordbävning i huset. De grunda täta trappstegen i trä var nästan som en rulltrappa. Ett hackande oväsen följdes av ett tjut och studsande äpplen eller ett brak av fritt fallande stapelstolar i ljust trä som gav samma ljud ifrån sig som ett slagverkssolo. Ändå föll man ganska mjukt eftersom det endast fanns trävirke och inte cement eller metall att göra sig illa på.

På vinden bodde förmodligen gårdstomten när han inte huserade i stallet bland kor och grisar. Gårdens folk var inte djupt troende vad gällde tomtar och troll men heller inte förnekare. Julgröt sattes ut och någon sädeskärve sparades till något knytt eller gårdsbeskyddare men annars var det rationellt tänkande ihop med skepticism som styrde kontakten. Så var även förhållandet till gårdens katter som omhuldades som små, som uppskattades som musjägare men som man inte fick fästa sig vid eftersom de förr eller senare hamnade i halmpressen och kom ut alldeles platta. Dessutom åt de upp småfåglar. Anna Kristina älskade sädesärlor och svalor.

Kapitel 13 POJKRUMMET

På vinden gjordes så småningom ett rum när barnbarnen inte längre ville sova i barnkammare eller genomgångsrum. Det blev en fristad för studerande gymnasieelever där man var ostörd både för att plugga och för att lyssna på Radio Luxemburg. Rummet var det enda i huset som hade en egen garderob och dit in flyttade både husbondens och husfruns festkläder.

Rummets väggar var täckta av ett mönster av ölunderlägg från hela Europa. Där fanns också målningar i turkos och orange av kvinnoansikten i expressionistisk postmodern stil.

Vid fönstret stod Anders och Anna Kristinas skrivbord i mahogny med svarvade ben. Framför stod morfar Johans skrivbordsstol som gick att snurra runt. Där fanns också en fristående fyrkantig bokhylla i betsat trä med hyllor och trägaller. Den rymde många böcker och hemligheter. Den gick inte att vrida som senare tiders engelska förlagor.

Sängen var av hopfällbar typ med botten av korsade metallkedjor och en tunn madrass som gav övning inför kommande militärtjänstgöring. Det fanns också ett par stolar av dansk design som skulle ge höga auktionspriser 70 år senare om de inte fallit ihop av tonårslivets påfrestningar. Ur transistorradion i grå plast ljöd musik; Edith Piafs ”Milord”, Elvis Presleys "Love me tender” eller Siw Malmkvists ”Tunna skivor”. Att läsa historia eller att lösa ekvationer till sådan musik var en oöverträffad kombination.

För Anna Kristinas del blev aldrig vindsrummet någon succé. Hon hade fallit tillräckligt många gånger för att inte vilja offra livet för ett besök där på gamla dar. Dessutom var hon nöjd med sin resegrammofon med tratt varifrån Jussi Björlings röst eller Calle Jularbos dragspel kunde ta sig ut.

Från fönstret mot väster i pojkrummet såg man solnedgången och Klackabacken som var en utlöpare från Linderödsåsen. Däruppe fanns allt det som inte fanns nere på slätten. Tallskog och ekdungar samt skimrande bokar, snår av vildrosor och björnbärsbuskar, gullvivor och violer. Där kunde man höra och se sträcken med morkullor och storspoven på våren bland ängar och kärr. Där fanns det en källa med klart vatten som kom från underjorden och där fanns trollstenar med grytor som uppstått under istiden, då stenar skruvat och holkat ur till håligheter. Skogsduva, hackspett och fasaner fanns det gott om även om de senare trivdes bäst i sockerbetsfälten på slätten. Där gick också järnvägen med tåg som pustade i uppförsbacken. På spåret lade man kopparmynt som blev dubbelt så stora då tåget passerat. Där på sluttningarna plockade Anna Kristina björnbär och nypon och där plockade hon svamp.

Från pojkrummet kunde man se husen i Öllsjö, där de bodde som kände Anna Kristina, samt det vitkalkade hus där hon bodde på sin ålderdom. Där fanns Larssons livsmedelsaffär sedan Jeppssons lagt ner, där fanns det hus som gården ägde där arbetarna hyrde in sig. Där fanns också Nordgrens hus där Amalia härskade sedan hon hade fött nästan ett helt fotbollslag. Där låg Edit Carlssons hus vars man omkommit i en brunn. Hon blev ensam med många begåvade barn. Däruppe låg också Skrewelius hus vars vackre son var barnbarnet Evas första kärlek. Pappan hade lastbil och skötte alla gårdens transporter av säd, sockerbetor och potatis.

Pojkrummet satte punkt för den era på gården som Anna Kristina var en del av. Gårdens historia och epokens upplösning följde det mönster som det moderna Sverige genomgick.

EFTERTEXT

Anna Kristinas ande och livsberättelse vilar fortfarande över och i det stora gamla Huset som så småningom bytte ägare flera gånger med positiva och negativa ingrepp som följd. Runt omkring byggdes moderna villor på rad på den bästa matjorden i Skåne.

Inuti moderniserade man efter tidens trender och smak. Anna Kristina skulle aldrig känna igen sig där. Hon lever ändå kvar i huset så länge generationers minnen finns lagrade och så länge denna väv om hennes liv finns bevarad och läst.

Anna Kristinas barnbarnsbarn Josefin och barnbarnsbarnbarn Svea

Barnbarnen minns sin farmor och mormor

Hon var snäll, omtänksam och bestämmande.

Hon lagade god och rejäl mat. Kotlett med gräddsås var bäst.

Hon var frikostig med karameller.

Hon var rolig att ha som barnvakt.

Hon ville gärna se bra ut.

Hon var givmild.

Hon hade respekt för sin svärdotter.

Hon var misstänksam och otrevlig mot dem som hon inte gillade.

Hon levde ett lyckligt liv och grät bara när hon skrattade.